共同体

COMMUNITY 018

各美其美 美美与共

刘大任集　羊齿　刘大任/著　深圳报业集团出版社

图书在版编目（CIP）数据

羊齿/(美)刘大任著.--深圳:深圳报业集团出版社,2017.8

ISBN 978-7-80709-798-3

Ⅰ.①羊… Ⅱ.①刘… Ⅲ.①短篇小说－小说集－美国－现代 Ⅳ.①I712.45

中国版本图书馆CIP数据核字(2017)第151436号

羊齿
刘大任 著

深圳报业集团出版社出版发行
（518034 深圳市福田区商报路2号）
山东鸿君杰文化发展有限公司印制 新华书店经销
2017年8月第1版 2017年8月第1次印刷
开本：880mm×1230mm 1/32
字数：110千字 印张：7
ISBN 978-7-80709-798-3 定价：55.00元

深报版图书版权所有，侵权必究。
深报版图书凡是有印装质量问题，请随时向承印厂调换。

目
录

自序 /1

火热身子滚烫的脸 /6

羊齿 /17

米黄色的天 /22

白桦林 /24

重金属 /28

白发的白 /35

箫声咽 /41

莲雾妹妹 /43

俄罗斯鼠尾草 /59

棋盘街落日 /67

挂着与落着的雨 /69

清秀可喜 /70

大落袋 /75

王紫萁 /81

碾 /88

红土印象 /96

鱼缸里的蜻蜓 /113

蟹爪莲 /118

惊春二题 /121

下午茶 /131

星空下 /135

来去寻金边鱼 /146

月夜 /178

溶 /183

面北的窗 /192

无门关外 /195

附录 二流小说家的自白 /199

羊齒

劉大任

　　生日宴舉行的地點，在蓬萊閣大旅社的「櫻之間」。火燈光射在上面，榻榻米牽的低拉門，一片暈黃，油浸過的一般。低門外，薄明光照下，可以看見一座精美雅緻的日式庭園。三塊巨石，一立、一臥、一坐，配上兩株修剪成圓弧形的杜鵑，一叢金絲竹，一棵歪七扭八的古松，七樣東西，完全按照古典佈置原則，無論從那個角度看去，看見的，都是不等邊三角形。

《羊齒》手稿

(小说)

重金属

恩藤

　　向南直放的这条三级道州际公路，至少在这一段，特别在这个时分，绝对可以放胆疾速。然而，我不想超速。〔八缸，两吨重的车。〕车速保持在每小时五十五英里，箭镞般疾而及。〔或〕车不见一星人迹的旷夜，效果便像一架夜航海上暖迎〔巡〕执勤的巡逻艇。我采取搜寻的姿态，守着自己的警觉。

　　我没有骗她。他正在看月亮。我知道，因为这月亮逼人去看它。两个小时下来，公路侵着有大有小的弯曲，那月亮却始终选择着正不走，树丛前方不见星光的夜空里，像一面青铜色的攻臣镖，彷佛等待敲响。

　　这么静的对阵，不久便被破了。一辆货
　　〔自解〕

《重金属》手稿

俄罗斯鼠尾草*

◎ 刘大任

难得有个晴天，他着意要整理一下後院那畦多年生草花圃。

花圃闹闹到现在，已经三四年了，似乎还不成气候。当初撸书本设计蓝图时，估计三年就应到达「成熟期间」，也就是说，当年种下去的每一个品种，在这段时间培养，都该蓬勃壮硕地佔有所分配的空间，植株与植株之间应已没有空隙，茎叶的形状与生态已足够互搭配；花与花之间，颜色与纹理应已和谐共荣，呈现他纸上作业的效果。

然而，特别在夏末的光线里，花圃的脱序、失调，令人触目惊心。

最气人莫过於醉蝶与波斯菊。原先的措施，只是借助它们的高度，调节前後行之间的差距，而且顾到它们的花色有些搶眼，因此每一种品种种了两三棵，不料三年下来，自播自殖，竟已佔据一大片地盘。阳光本就不足，後排的草桔草白花蜀葵、紫花飞燕草和土壤改善，始终达不到应有的高度，而生命力过於旺盛的波斯菊与醉蝶，不但夺爱

* 俄罗斯鼠尾草，俗名 Russian Sage，学名 Perovskia atriplicifolia，野生在中亚细亚，也许最初得到欧洲是通过俄罗斯人之手，才得了这个名字。

《俄罗斯鼠尾草》手稿

自序

若干年前，朋友来信，里面有这么一段：

"……席上谈到你的小说，某人说，那怎么能算小说……"

信中提到的"某人"，我大概知道，是一位专研《水浒传》的学者。朋友的来信，意思是要我写点什么，自卫一下。我当然什么都没写。

现在，校对完这一批初看体制、风格甚至成熟程度都仿佛不太合调的作品，却觉得应该说几句话。不是针对水浒专家，而是面对读者。

这批长短不一的小说，表面好像凑不到一块儿，却有一条线，若隐若现，贯穿首尾。

这条线，我自己审思，或应叫作moment of epiphany。

让我先解释这个英文用语。

基督教传统，有所谓"主显节"，所以，直译的话，应该就是"主显灵的时刻"。然而，我自知没什么宗教情怀，这个"真意"，对我不太适用。

字典上可以找到第二层次的翻译："事物本质的突然显现。"

其实太啰唆了。佛家不是有个说法——顿悟。不同的是，前者好像是客观世界的自然变化，后者却暗示了主体的参与。我比较喜欢后者。

搞文学的都知道，现代文学的出现，有几个重要的"突破先锋"，其中之一，就是乔伊斯（James Joyce，爱尔兰作家，1882—1941）。台湾早期的现代主义运动，不少人受他影响，尤其是所谓的"意识流"手法。比较不为人注意的，是他经常运用的另一个手段，学者们即称之为"epiphany"。

然而，我尝试的，是不是这个呢？

仔细想，也不尽然。

乔伊斯的"epiphany"，是一种写作技巧，他确实冷静到可以让"事物的本质突然显现"，绝不自己跳进去。这个态度，"新批评派"视为金科玉律，以至于托尔斯泰的《战争与和平》在他们眼里，竟成垃圾。

我从来就不喜欢"新批评"。

因此，我的 moment of epiphany 一向不为技巧服务。我只想抓住生命流程中稀有可贵的"顿悟片刻"。

其实，中国传统小说技巧中，也有不少类似的技法。《红楼梦》就有所谓的"草蛇灰线，伏脉千里"。可是，对于读者，除了心理上的一些震撼，距灵魂远甚，真正让我们感动、让我们净化升华的，绝不是这些。

我的小小尝试，追根究底，渊源来自我们自己的祖宗，明白地说，就是唐诗宋词。唐诗宋词的高处，没有别的，就是灵魂震荡，就是顿悟片刻。

小说形式能不能传达这个？

为什么不能？

至少要试一试嘛。

二〇〇九年九月三日写于无果园

火热身子滚烫的脸

01

那一年，我刚满二十岁。是个炎热湿闷的夜晚，大街小巷逛遍，精力消耗殆尽，口袋里只剩下一碗牛肉面钱，无奈，拖着疲倦不堪的两条腿，我走向台中火车站，想到候车室找一条灯光暗的长板凳睡上一觉。接近子夜的火车站，仍有不少人进进出出，等车的，乘凉的，寻人的，游手好闲无所事事的，都在这里晃荡。离站的火车，拖着重载，挤压着钢轨，发出沉重尖锐的摩擦声，我感觉我肿胀到快要爆炸的脑袋，仿佛就要给一节又一节的列车碾过，然后，我的听觉能够吸纳的全部空间，被逐渐远去的号笛悲鸣占满。

灯光暗淡的板凳上面早就睡满了人，明亮处，行李和人，围着板凳，形成了过夜的临时营地。绕行几圈之后，我决定放弃排队，眼睛往墙角落各处逡巡。

忽然，一个大巴掌拍在我的肩膀上。

"王传兴，好小子，什么地方都查遍了，原来在这儿躲着！别跑，来，跟我来！"

回头看，原来是我们连上的士官长，后面还站着一脸尴尬的阿辉。

士官长是条山东汉子，外形粗壮，皮肤黝黑，半口金牙，剩下的白牙也教烟熏得焦黄，露齿一笑，仿佛嚼烂一口窝窝头。我们这批少爷兵，给他取了个绰号，暗地里叫他"黄牙"。或许就因为他这副尊容，无论有事没事，大伙都有意无意跟他保持一点距离。他平常也很少跟我们搅和。这天情况特殊，营地附近发大水，唯一联系的客运班车停驶，交通断绝。训练基地的最高长官担心大批休假的学员无法回营，下令各单位派人到台中接应。士官长是连长派出的公差，任务很简单，找齐人马，送上基地派来的军车，绕道回营。

"都找了一天了，就剩下你们两个漏网，怎么这时候才露脸，混哪儿去了？不怕逾假不归关禁闭？"

阿辉支支吾吾说，迷路了。我知道他没说真话，他家就在彰化，读书又在东海，台中这一带肯定很熟，怎么可能迷路？八成是被女朋友纠缠住了。

我接口也就说，迷路了。

"去你的！骗谁？"

两个人的脑袋各挨了一掌。黄牙的力道不小，应该是玩笑似的一掌，说不定还带点亲昵意味的动作，却教我们脚步踉跄。也可能，折腾一天，两个人都快撑不住了。

"真烦人，车队早跑啦，怎么安排你俩兔崽子？"

我们再没敢开腔，乖乖跟黄牙走。

大酒店当然住不起，车站附近的小客栈问了三家，全客满了。怎么办呢？

黄牙说，算你们今天走运，跟我来吧。

入伍报到才一个多月，部队里出了意外事件。关饷次日，隔壁连几个自作聪明的少爷兵，联合起来，恭请排副上军中乐园。没想到平日严厉对待士兵的老排副，几杯黄酒下肚，露出本性，强迫女服务员玩后庭花。遭到拒绝之后，恼羞成怒，不但动手打人，又甩凳子砸玻璃，终于被"宪兵"逮捕归案，结果是，少爷兵罚苦役，排副送军法。

为了整顿纪律，精神讲话之外，上面规定各连辅导员加强工作。我就是在那次谈话中，第一次了解军中一些不为人知的复杂情况。部队里有那么几个脚踩黑白两道的兵油子，平常在军中挂单，真正的"事业"却在"外面"。辅导员的话，不能说得太明白，他只警告我，别跟"那种人"接近。我们连上的"那种人"，就是黄牙。

我倒是有过一次机会，非跟黄牙接近不可。

预备军官的入伍训练基地，为了向我们这些大学生表现民主和透明，规定伙食采买公开，每次由我们派一名代表，跟负责采买的士官同赴菜市场。轮到我的那天，黄牙恰好当班。跟他一路聊天，我也算是开了一些眼界，学会了"鞋子"叫"踢土"、"手表"叫"转心子"一类的道上暗语。黄牙还好意教了我一招。人在江湖混，难免有个山穷水尽，他说，那你就上酒馆一坐，两支筷子这么一摆，自然会有人接应。

这个招数，我怎么混一天都忘了，现在跟在他后头，才忽然想起来。

我们紧跟黄牙，在台中火车站后街的阴暗小巷里磨蹭，阿辉没话，我也不吭声，事实上，两个人的心理状态一致，一旦想到又要回到那个牢笼似的地方，人就仿佛矮了一截，什么情绪都没有了，加上无端鬼混了一天，这时只想找个地方躺下。黄牙却一反常态，唠唠叨叨，没完没了。

"回头见了你们大嫂，给我放规矩点，别毛手毛脚，坏了咱一世英名……"

半夜一点多钟，终于拐弯抹角，到了黄牙的地盘，一盏红灯照着，招牌上面，歪歪扭扭三粒大字：来春阁。

02

女人推门进来，随风吹过一阵浓郁香甜的粉味，我的身子开始发热增温。那种热，不是极度疲乏虚脱引起的高烧，是某种特殊肌体突然集聚了大量能源盲目搜寻排泄渠道而不得的憋闷。火苗闪动，油锅起烟。

女人在梳妆台前坐下，昏黄照明无法抹杀的丰润白皙手臂，柔软熟练，在头顶摸索，手指寻寻觅觅，不一会儿，摸出来一只发夹，接着，又是一只……然后，头一摇，乌黑发亮的水波瀑布般洒开，浮过白颈，游过双肩，漫过上身，在臀部上缘收紧的细腰周边荡漾。我的脸开始发烫，眼眶附近的末梢神经，轻轻跳动，鼻翼两侧，针尖大小的汗珠，一颗颗，从毛孔渗透出来，在表皮上汇聚成片。滚烫的脸，除了热度，又有了湿度，湿

2010.9.29

热混合的结果,无可制约的又麻又痒的感觉,从颜面泛滥到脖子,并继续向下延烧,终至电击一般,传达全身上下。

女人从瓷罐里挖出一坨乳白色的油膏,往脸上涂抹敷衍,两只黑眼珠,通过镜面反射,跟我的眼神对光,连上了线。

女人用药棉擦拭,抹去油膏,露出一张表情复杂的脸。

蒙娜丽莎的微笑。

女人卸下蝉翼外衣,解开粉胸罩,褪去红内裤,手携白纱巾,从微波荡漾的青绿海水里浮起,袅袅婷婷,走出贝壳。

雪白的女体,曲线玲珑,软玉温香,在我身边,缓缓躺下。

觳觫卷缠,火热身子滚烫的脸,临刑前的一条狗,被绑牢在支架上,震颤不已。一整晚,微微发抖的身体,无法移动分毫。

03

那晚之后,黄牙、阿辉和我,变成了我们连的铁三角。阿辉不说"铁三角",但凡提到"我们",指的就是我们三个人。我却习惯模仿黄牙的口气，说"咱们"。黄牙表达语意的办法反而比较繁复，高兴就说"咱哥们儿"，不高兴就叫"俩兔崽子"，还有临时起意的各种变化，有时就是万能的三字经。连上其他人，不明白"铁哥们儿"的深层因缘，只觉得，无论出操、打靶、公差或是例行内务检查和长途行军，我跟阿辉好像老有特别待遇，即使犯错也有人护短。放假外出，三人必定同行。晚点名之后，有人看到，黄牙偷偷捎瓶老酒，摸到我们床头，三个人不知到什么地方，经常混到大半夜。久而久之，连上自然有些风言风语，也少不了暗中有人打小报告。奇怪的是，连长从来不问，辅导员也不找人谈话。

　　一直到我们退伍前的最后一个礼拜天，我才发现黄牙真正的秘密。

　　那是台湾中部地区最标准的夏天，凤凰木的树冠上面缀满红花，天亮不久，营区附近的空气里，就已弥漫知了的聒噪。早餐后，黄牙来了。我从来没见他这副打扮。胡子刮得干干净净，头发也修剪过了，而且，不但皮鞋擦得倍儿亮，居然还穿了一套上等人才配的西服。

　　"来！"黄牙一脸神秘，口气特别温和，几乎有点文绉绉的，还好像有点腼腆，"今天要请你们两位跟我去一个地方，务必赏光……"

营区附近，步行十几分钟，有个老百姓聚居的村落。虽然鸡犬相闻，村里的妇女也经常来部队里挑潲水，我跟阿辉却从来没去过，也压根儿不知道有这么个地方存在。

村子本身的范围不大，约莫四五十户人家。外观也不特别，周边有些麻黄木防风林，村舍前后，夹竹桃修成绿篱，院落里面，散种着木瓜、香蕉、芭乐，偶见三两株高大的芒果或莲雾，半遮屋檐，沟边开辟了菜畦，屋后堆砌笋竹，鸡鸭鹅随处乱走……不过是个中台湾典型的农村。

我心里揣度，以为一定是要拜见我们真正的大嫂了。黄牙领着我们，走进村里最大的一间瓦房，正面一排厅堂，两翼的厢房，一边住人，一边养猪。

掀开门帘，堂屋里摆着几排大大小小参差不齐的座椅，有长条板凳，有塑料叠椅，最前端，还有几张小木凳。

眼光一接触墙壁上面的十字架和耶稣像，我的腹部，好像被人猛击一拳，霎时间，胸口郁闷，连口气都喘不过来。

接下来，我只记得，黄牙被人簇拥着，走上圣坛，开始证道。至于他那天究竟讲了些什么，我已经完全没有印象了。

04

几十年过去了，我们这个因缘际会的铁三角，虽然彼此流落天涯海角，仍不时保持联系。

阿辉早已儿孙满堂，作为台中彰化一带的世家望族，虽然世间万物，一样不缺，他的晚年却有点辛苦。被祖传的糖尿病纠缠多年，终于在黄牙的帮助下，找到了救赎。我从来没追问他台中火车站那晚的经历，他也从不主动透露。我只是想，纵然是铁三角，不能说的还是不能说。不过，我猜测，那晚之后，他便跟他的女友分手，说不定有些关系。

黄牙的后半辈子，跟与我们相处的那个夏天一样，永远让我惊奇。他不到四十退伍，不久就创办自己的教会。他的信众遍天下，教会在亚非拉三大洲建立了分会，他自己却长年驻扎大溪地，偶尔回台布道，总要弯点路，上阿辉那里歇歇脚。

我跑得比他们都远，直到今天，既未成家，也无信仰。然而，我有一个他们两人都没有的东西。那个湿热郁闷的夏夜里，火热身子滚烫脸边的女体，无论我这一生如何潦倒无赖,这永恒的女体,总栖息在我精神面的某处,就像风雨中一面不倒的旗帜,幽暗中,闪闪发光。

——原载二〇〇七年八月廿六日《中国时报·人间副刊》

羊齿

生日宴举行的地点，在蓬莱阁大旅社的"樱之间"。灯光射在上面，榻榻米旁的纸拉门，一片晕黄，油浸过的一般。纸门外，薄弱光照下，可以看见一座精美雅致的日式庭园。三丸巨石，一立、一卧、一坐，配上两株修剪成圆穹形的杜鹃，一丛金丝竹，一棵歪七扭八的古松，七样东西，完全按照古典布置原则，无论从哪个角度看去，看见的，都是不等边三角形。

连他一起，整个小班底全到齐，一共七个人。狗鞭是寿星公，六个人围着他，坐在榻榻米上，看小雀表演。

他眼睛盯住小雀的乳房，不敢往下移。小雀刚从菲律宾巡回表演回来。她的乳房，细白浑圆，像大世界附近白梅冰店盛在玉色瓷盘里的香草冰激凌圣代。半粒樱桃，摇摇欲落。

"坐近点,坐近点,别害臊……"小雀说。她正在表演喝汽水。他听见狗鞭轻轻喘气的声音。狗鞭刚刚接收祖产。有时候,他们叫他"面议",因为,校园旁边那家香肉店墙壁贴着的价目表上,"狗鞭"两个字的下面,便写着"面议"。

他们在榻榻米上互相挨挤着挪动臀部,终于以小雀为核心,围了一个半圆。

"近一点,再近一点,"小雀说,"花了钱,看个不清不楚,做冤大头……"

他感觉狗鞭掐着他光膀子的手心,湿答黏热。他们互相勾肩搭背,头簇拥着往小雀张开如人字的大腿缝中凑去。

小雀挪开空掉了的黑松汽水瓶,大喝一声:"看——清——楚!"她脸上闪烁着一丝冷笑,如抽剑出鞘的日本武士。啪的一声,水沫气泡喷薄爆炸,溅满他们七张兴奋发红的年轻的脸。

那晚上,他多么想要小雀。他可以为小雀放弃一切,他可以为她破身。但是,狗鞭是寿星公,狗鞭是那晚的东道,狗鞭推托了半天,大家心照不宣。狗鞭出来的时候,所有人都已经醉倒。所有人,除了他。只有他看见狗鞭眼睛里面,闪闪烁烁,有一抹疲惫知足的神采。那晚上，狗鞭付完账，留在旅社休息。狗鞭的私家车送每个人回家。那晚以后，所有人，整个小班底，全进了狗鞭家的保险公司。只有他，放弃了现成的前程，远走高飞。不为别的，只因为他害怕，他看见过那一抹疲惫知足的神采。

那晚上，他在日记里给自己许下了一个诺言。他一直没有忘记这个诺言，每当狗鞭的眼色出现时，诺言引起的遐思，立即浮现眼前，勾销了他的恐惧。他啃书本、端盘子、"打手枪"，就用这三种简单而强硬的手段，挣得了自己的地位和生活。五年后，他在新英格兰的一所大学里赢得了终生俸，他终于让自己的诺言兑现，娶了一个血色鲜红的美国姑娘。随后不久，他申请了三十年的分期付款，在郊区买下一幢仿都铎式的花园洋房，定居下来。

他的怀旧情绪，在定居以后慢慢出现。起先，他并不自觉。只偶尔在新柳抽芽的时节，发现自己有一点点冲动。他试着用最典雅柔情的英文，把"黄金缕"这样的意象翻译给她听。她爱上东方自然不是从这时开始，然而，她钟情的东方却刚好是他的先辈在"五四"时代极力唾弃的一切，她甚至爱上了风水。她谈风水时让他想起了"樱之间"油晕的纸拉门外那一角布置了山石和青松的庭苑。他于是开始怀念豆腐、粉皮、韭黄、酱油和冬笋。有一天，在图书馆订阅的海邮中文报纸的社会新闻版上，读到了狗鞭捐款新台币一亿元兴建体育馆的消息。破土典礼的那张照片上，那个小班底，一律黑西装，仍然簇拥在狗鞭旁边。狗鞭的手，捏在圆锹柄上。他感觉他的手，仿佛有点湿答黏热。

她原是他的学生，也是反战运动的产物。反战时代过去后，她转移了阵地。在仿都铎式的花园洋房里，他照旧研究东方哲学，有时也对孔子、马克思和毛泽东进行结构主义的比较分析。她经常出去参加反核示威，有时一去半个月，到西柏林，到斯德哥尔摩，有一次还到过莫斯科。每次她远行回来，他们一定做爱。

屋子背后，有个阴湿背光的角落，一年到头，老窝着一洼水。隔一堵墙，他们的双人床，恰好顶头放着。每次示威回来，他的血色鲜红的美国姑娘，必然更为生猛。每次完事以后，他总是塞上一枚鹅绒枕头，垫在隐隐发酸的腰下，因此而微微沉落的他的头，便好像无助地掉进那一汪止水里。

这一年的雨季过后，他把手推车推进附近的野林子里，铲回来一车土，把那个角落，堆成一个小小的土丘。五月底的一个星期天下午，他放下手里啃咬不下的哈贝马斯，从书斋里踱出来，踱到那个土丘前面。

西斜的阳光穿过意态苍老、枝丫疏朗、满树红叶的鸡爪枫，漏下来，洒在土丘上。在那里，不知何时起，居然生意盎然地怒生了一丛羊齿。是两叶缘维管束对开而后辐射生长的结网羽片，在微微披覆下坠的鲜绿营养叶群的中心，一枝肉桂色的能育叶，傲然挺立，上面累累缠绕着孢子囊穗。

他在雨住风收的这个礼拜天的下午痴痴望着这一丛不请自来的桂皮蕨。失神的脑子里，却反复萦绕着一个意念：这样的生殖方法，多么清洁，何等神气！只要有一阵风，亿万个无须喧哗便完成了自己的复制的子孙，就飘扬起来，飞舞着，滑翔着，奔向四面八方。只要有一阵风……

他在当晚的日记里写下了这样几行没头没尾的句子：

习惯于潮湿温润

习惯于腐熟习惯于无尘

暖风吹过

光照适度

便一羽羽抽出——

  均衡对称而又不失其参差错落之美的

绿色的不安

米黄色的天

……左手一向显得瘦削,这就是为什么它先开始的原因了,我想。而且,它确也较易于举起,即使以那样的姿态,扭曲而痉挛,承受着那形体的压力,仍然不失其筋骨感地撑持着——撑持着,高高的,在头顶之上;为了平衡,我想,这无非是为了平衡而已,否则右手是无须多事的,所以它也只不过懒懒地向上蠕动着,像蛇一样,柔软地翻起手掌托住了缤纷坠落中的某些嗡嗡作响的颤音。

然而,究竟是为了平衡(*如我现在的解释*)抑或仅仅是习惯于完成一切不经意便开始的事情。总之,右脚已轻轻地提起,以膝盖为顶点,作九十度,有如体操中的某项把式……

于焉,周遭遂渐归沉寂,嗡嗡颤响竟微弱而消失,一切都在消失，一切。不是的，不是，不是消失，我确知，仅仅是退去而已。因为，至少仍有一只脚是贴着地的！

呵！呵！一只脚能做什么呢？不过是借此踊跃着而已；踊跃着，怪滑稽而复轻松地蹦向门外，门是早就敞开的，甚至根本就没有门，只不过一片米黄色的天，幽幽地发着光；并且，低低地，斜斜地搭置在什么也没有的外面……

白桦林

一回家，她的脸色便宣告了阴郁一天的开始。

"你儿子跑了，"她说，"羽毛丰满了，跑了！"

他望着她冷冷的眼色，竟燃不起丝毫焦急的意绪，心中闪现的，却是一对知更鸟。进门前，又看见隔邻那对退休的爱尔兰夫妇。女的系着围裙，在刚发芽的玫瑰丛中整枝；男的跪在肯塔基蓝草坪上，手里一把螺丝起子，慢吞吞掘着肆意怒放的蒲公英。入春后，每到礼拜天，从教堂回来，这两个静悄悄活着的邻居，便在和煦的阳光下忙碌着，像一对无须下蛋的知更鸟。

他把装满食品、饮料的塑料袋放在冰箱前面。

"吃个蛋炒饭吧，"她说，"你这个儿子没法养了。动不动就闹别扭，要他吃蛋炒饭，就发这么大的脾气……"

客厅里还漾着爆葱花的油烟气。沙发上、电视旁、组合柜前,满地毯到处散置着杂物:棒球手套、运动衣裤、钉底鞋、毛线袜子、电子玩具、唐人街的中文报纸和英文漫画书——蜘蛛人大战铁金刚……

他抬起头,窗外是褪尽污染、北国春迟的蔚蓝天空。隔院绿篱上方,亭亭玉立,一株桃红色的山茱萸,展示绰约丰美的身段。向阳处,蓓蕾绽开,像一群彩蝶,一群没有重量的彩蝶,展翅欲飞。一只蓝背樫鸟,呼一下飞过,飞出一痕蓝线,镌进水晶阳光里。针尖大小的缤纷光点,晶莹剔透,流星雨般纷纷坠落,落在那一群彩蝶上。他望着望着,那一群彩蝶,终究没有飞起来。

蛋炒饭的确相当油腻。然而他早已习惯了油腻。今后,他知道,就算是到了无须产卵的知更鸟的年龄,没有这油腻恐怕也不成,他知道,就像他知道,儿子无论如何也习惯不了这油腻一样。他终于开口说话:"你到底跟儿子说了些什么?"她闷着脸,然后,唰一下起身,跑回房间去。半晌,才出来,手上拎着风衣。"我管不了了,你的儿子,你自己管!"砰一声关上门以前,她回身说。虽然上了唇膏,嘴还是泛白。

他二十年前来美国留学,十五年前,是他的大日子。学位、婚姻、事业，都在一年内解决。然后不久，他做了父亲。七年前，他的命运有了转折，前妻突然病逝，他的事业也到达了顶峰，既升不上去，也永远不会失业。那一年，象征智慧的前额开始扩大地盘，两年后，终于占领了头顶。他守着儿子过了五年，直到前年，在仅有的几个朋友的撺掇起哄下，他续了弦。她能做一流的蛋炒饭。在异国生活了二十年，第一次闻到她端出来的那盘油香四溢的蛋炒饭，他的与儿子相依为命的生涯便开始了崩溃的旅程。

他在儿子的抽屉里到处搜索，翻出了一本日记。读到这一段的时候，他的手指，禁不住微微发抖。

"……该死！偏偏睡不着，偏偏就拣这个时候。母狗，这条贪婪的母狗，又开始喘气了……上帝！噢，上帝！听听这个，上帝！噢，上帝……"

掀开儿子床上团成一堆的三层毛毯，终于在床单上发现了一圈又一圈重重叠叠的印渍，他触电一般，甩掉手里的毛毯，只觉全身上下的皮肤，忽然长满了顽癣。

他把车子停在湖边，徒步上山。

一踏进林地，便有股冷香袭人。这一带，依山近水，长的全是北温带植物，靠湖沿，还是松、枫、橡、桦杂陈的局面，上了斜坡，就逐渐为白桦木所取代。林中的表土层，是枯枝败叶经年累月堆叠分解自然成就的腐殖质土壤，初初踩上，只觉浮滑松软，踏久了，却有一种温柔敦厚的感觉。他慢慢往上爬，他不着急，他知道，儿子如果来的是这里，一定跟他一样，一定避开现成的山径，就像三年前，湖边钓完鱼就转移阵地到山顶上去野餐那时候一样，一定要在这一片白桦林子里走一段温柔敦厚的山路。他设想着儿子可能选择的方向，没有径直登高，却只拣漂亮挺拔的白桦木，一株株寻过去。

太阳从湖的那一边斜射过来，他身前除了碗口粗细白得耀眼的树干，成百成千白得踏踏实实的树干，便只有一片绿。那绿，却近乎黄，不，是从山茶绿到柠檬黄由近而远由下而上逐渐淡化逐渐跃升的绿的舞蹈，即便空气里确实没有一丝风影。

他张开肺叶，大口吸收那一股冷香。不知道是不是春雨连绵以后一夕之间生发的亿万新芽溢出的气味，还是连绵岁月积压腐熟的泥土散出的气味，或者是两者自由的混合，这冷香便拌和渗透席卷所有进行着光合作用的叶绿素释放出来的纯净透明的氧，一起涌进他的肺脏。

他不慌不忙，从容登山，就像三年前，儿子在山顶的磐石上等候他一样。

重金属

向南直放的这条三线道州际公路，至少在这一段，特别在这个时分，绝对可以放胆超速。然而，我不想超速。八汽缸两吨重的车，车速保持在每小时五十五英里，前后视线所及，又几乎不见一盏人造的灯，感觉像是深夜海上执勤的巡逻艇。我采取搜索的姿态，守着自己的营垒。

我没有看他。他正在看月亮，我知道，因为这月亮逼人去看它。两个小时下来，公路尽管有小小的弯曲，那月亮却始终挥之不去，挂在前方不见星光的夜空里，像一面赤铜色的巨锣，仿佛等待敲响。

这冷静的对阵，不久便瓦解了。一辆货柜车轰隆隆切过身旁，我数了数，足足有十八个轮胎。爬——虫，缓缓蠕动。到了正前方，摆正身躯，拉开距离，失去爬虫的形象，凝结成一列长方形的电镀锌块，轻轻飘浮，在赤铜色巨锣的闪闪蛊惑和车内两个幽灵的稍纵即逝之间，形成一个美满的距离，轻轻飘浮，遍体反射荧光，一只变形的飞船。

恰在这时，我心中汩汩涌现喜悦。而他，毫不知觉。

月亮、货柜车、不说话的我们，三样东西，成一直线，保持着彼此之间美满的距离。三样东西，像灵魂那么轻，同步，以每小时六十英里的速度，向南直放。

从出门到现在，他没开过口。他始终用重金属敲打自己，Rush 之后，是 Led Zeppelin，然后，Pink Floyd。我从不断泉涌的喜悦中看他。他始终被敲打，他死盯着那面赤铜色的月亮，仿佛想从他的重金属世界里抽出一支大锤，去敲响那面闪闪蛊惑毫无实质的巨锣。

"让我来敲敲看。"我暗忖。喜悦源源浪涌。

我抽出他的重金属，换上一盘披头，披头的黄色潜艇。世界是可以像黄色潜艇那么轻快的，你何不试试看？他没有反应。对于披头，他并不反感，我知道，因为这盘披头，也是他的。我给我的回程，准备了五盘，全是巴赫。回程没有巴赫，是不行的。现在，我用不上巴赫；现在，我只需将我的喜悦渡给他。然而，他没有反应。既没有抽掉披头，也没有反应。我的喜悦渡不过去。他始终收着翅翼。

你应该试一试，飞起来，张开翅翼，飞起来！

他拒绝起飞。水面上的浮标，用上升的力量，抵制水面下铅坠的沉重，相持着。黄色潜艇的欢快，变成了马戏班的配乐。黄色潜艇搁浅，我也搁浅。他，铁块一般，被自己的磁力吸住，无法动弹。他，坠落在自己看不见的磁场里，飞不起来。

我的喜悦，渡不过去。非但渡不过去，且隐隐有下坠之势。我必须走出我的世界，他必须走出他的世界；我必须走进他的世界，他必须走进我的世界。就这么简单，像初中生解几何题一样。然而我知道，去年这时我便知道，这个几何题，谁也解不开。然后我突然想起来，去年这时，他曾经要求让他开车，我犹豫了一阵，答应了他，他又拒绝了，于是我说：

"哪——下一程，你来开！"

我尽量说得若无其事，其实他还没有驾驶执照。他今年刚满十六岁，在他们那一州，十六岁便是驾车的法定年龄，但他还没有考驾照，他母亲没让他考，为的是防止他找我。

他第一次转过头看我，他知道我在贿赂他。只不明白为了什么。他依然没有反应。

月亮仍在前方，货柜车仍在前方，我努力保持美满的距离。

我开始觉得自己愚蠢。

我望着前方，伪装全神贯注开车，但感觉他的眼光，在暗中，细细搜索我的脸色。

他忽然将黄色潜艇抽出，换上另外一盘。

"哪——这才是你们的音乐，你们那一代的。"

我的喜悦，随着黄色潜艇，一同消失。

他说话时，口气透着鄙夷，然而，仔细听，鄙夷得有些做作，因此我知道，鄙夷不是真心，只是他的年龄，他的处境，迫使他这样。为的是他要渡我，又不能让我知道。

音乐是他挑的。不错，是我们那一代的，因为从里到外，散发迷幻药的异香。还是披头，还是 Led Zeppelin，还是 Pink Floyd。然而，又不是他用来轰炸自己轰炸我的，也不是我用来渡他的。是稍纵即逝的幽灵朵朵，在古印度倾圮的寺庙里，夜月下，蝙蝠般飞行。忽然，这幽灵朵朵，全部钻入水底，化成音符粒粒，因沉溺而肿胀的音符粒粒，一粒粒裹在水泡里，与水泡一同沉溺，一同浮升。

月亮还是一面巨锣，赤铜色，等待敲响。变形的飞船,遍体荧光,轻轻飘浮。我和他,谁也渡不了谁。

去年这一趟旅程,也是这样,谁也渡不了谁。

去年,他刚满十五岁,他母亲不敢违抗法院的判决,第一次放他跟我共度暑假。他喉结乍突,声音初变,他曾经用初生硬羽的语气对我说:

"坦白说,我同情你们两个!背着彼此,拼命讨我的好,又有什么用!什么也改变不了。除了——除了,也许对你们的内疚,有些好处,但实在没有必要……你知道……"

他的喉音,仍然不易控制。他说"你知道"之前,没控制好,憋出了童音,所以顿了一顿,仿佛口吃。也许,说"内疚"这个英文字时,自觉说重了些,因此憋出了童音,也未可知。

这过去的一年,他长成了。不但没有了童音,连硬充大人的意识,也一并长掉了。他真的成了大人,几乎。他跟我过了一个暑假,一次脾气也没发过。我们相处得谦谦有礼。这次送他回他母亲那里,出发前,甚至想到为我录好这盘音乐。他说"这才是你们的音乐"时,我听出他嘲弄的语气里,还有一丝沾沾自喜。只有那么一丝丝,让你不能判断,是装老,还是真老。然而,除了嘲弄,还有鄙夷,鄙夷出卖了他。

如果一个暑假，谁也渡不了谁，这短短的一程，又怎么可能？这个意念，在他说"你们那一代"时，第一次进入我的意识。我发觉我没有抗拒。

然后，放下了抗拒的我，开始跟随音乐飞行，在古印度倾妃的寺庙里，像没有眼睛、单凭电波的蝙蝠，跟随披头，跟随 Led Zeppelin，跟随 Pink Floyd，跟随他选择的音乐，穿过月夜，钻入水底。然后，我从我放下了抗拒的飞行里感觉他渐渐放下他的抗拒。然后，我不再渡他，他也不再渡我。然后，我看见他，他看见我，互相倾注，又互相独立，只尾随鬼一样反射荧光的飞船，尾随四野不见光的光，尾随全盘石化满怀异香的重金属的航行。然后，那面赤铜色虚悬于地平线上方的巨锣，忽然"当"的一下，敲响了，哗然如乱蝶飞舞。我，不知哪里来的力量，猛踩油门，加足马力，以每小时一百英里的高速，箭一样切过始终压住前路的货柜车。鬼鬼的飞船，甩在后面。美满的距离，倏然消失。只留下震耳欲聋的赤铜色的重金属、月亮，占领我，占领他，占领全车，占领整个世界。

"我喜欢这个，我喜欢这个！"

他浑身上下在动，磁场粉碎如雪崩。

我以为他说的是车速一百英里。

"我喜欢你们那一代的音乐!"他说,"全是灵魂,除了灵魂,什么也没有。"

啊,主,我知道,没有这个速度,他不会跳出他的磁场。啊,主!我知道你让我踩下了油门。你终于让我们相会了,我知道。

"爸!你其实也应该喜欢我们这一代的音乐,"他继续说下去,用他带一丝丝沾沾自喜的初初成人的声腔说下去,"我们的音乐,也全是灵魂,除了灵魂,什么也没有。"

啊,主!我当然喜欢,因为,那面忽然敲响如重金属的赤铜大锣,仍在前方,永恒的前方,且一路喧哗欢腾,如满天散落的花雨。

——原载一九八八年四月《当代》第廿四期

白发的白

某日。他照常躲在书房里，妻照常推门而入，以一贯寻衅的姿态。

"你看，拍出这样的东西来！"

妻坐下，递给他一沓新冲好的照片。他放下手中的《松窗梦语》，立即意识到从明末被拉回现实的不快，一丝荒芜的情绪，悄悄浮起。他看见八十三岁的张瀚，《松窗梦语》的作者，在窗前掉头。窗外的天目松，苍苍翠羽，映照掉头人的白发。

照片的拍摄技巧并不圆熟，曝光有些过头。也许第一次拍雪景，对反光的估计，稍嫌不足。

"这样下去不行的，"妻说，"整天懒懒的，也不爱理人。一放学就窝在电视前面，眼睛都发炎了。叫他别看电视，就把自己反锁在房间里头……"

他抬起头，眼光里透露了不十分吻合现实的散漫。他望着她，仿佛看见一张焦距错置一分的特写照片。就在他不能决定将镜头推远还是拉近的刹那，她的脸庞，被她自己的声音托住，摆动了两下，渐渐淡入。

照相机是儿子十二岁的生日礼物，花了一百五十元美金，从犹太人开的那种以批发价招徕顾客的逃税商店买来的，虽非名牌，却是日本原装货。十三岁那年，又添了一个一三五毫米的VIVITAR长镜头。本来就是个害羞的孩子，从此更喜欢眯着眼睛躲在机器后面看世界。

照片反映的世界，有一种十四五岁的孩子不该有的荒凉。

儿子有一本照片簿，里面积累了两三年来精挑细选的作品。他曾经翻过，趁儿子不在家时。他早就注意到儿子取材的倾向，四五十张照片里面，没有一个人，没有一个生物。动物，植物，都没有。金属、陶瓷、塑料、玻璃，主要是这些。而且，色感越冷越好。对于排列组合，似乎显示了某种不寻常的兴味，却不像一般的孩子那样，平衡、对称，或巧妙的几何构图，都不是。究竟是什么样的趣味，他记得曾经稍稍费心解析过一下，纯粹从客观审评的角度。印象里留下这么一张。一张由各种大小型号不同、形状各异的铆钉、齿轮、螺丝钉和螺栓组合的画面，粗看散乱无章，仿佛从工具箱里匆匆抓来一把，随手一掷。仔细看，还是看出了人工摆布的痕迹——每一粒都给摆成刺眼的样子，硬要让观者不舒服。整体看，便出来一种紧张感。秩序，是没有的，但有一种吸力，一种冷漠的磁场似的感觉。

他也不曾觉得这又有什么不妥。

看到这张满纸钉子的照片，是去年吧？那个前后，他们正闹离婚。他觉得自己无可挽回地走向绝境，她觉得再也无法忍受他加给她的无端屈辱。他们的争吵，越来越有气无力。儿子在这一年进入了 Teen-age。

那天，他正在开会。学校的护士打紧急电话来。儿子跟人打架，嘴巴破了，鼻子流血。

赶到校长室的时候，儿子的情绪似乎已经稳定下来。在这种场合，他发现十三岁的儿子学会了冷静斗争的技巧，一口咬定对方是个种族主义者，因为那个白孩子骂他CHINK。白孩子的眼圈淤黑一团。在他们这种小区，种族主义多少是个触碰不得的禁忌，因为直接影响房地产的价格。结果是校长劝服白孩子的家长向他道歉，白孩子保证以后不再动手，其实，他当时已经知道是儿子先动的手。回家以后，儿子没有解释，也没给他任何说教的机会，他一向也不喜欢说教，只觉得乏味。

然而，那一次，他发觉自己心中的那个所谓绝境，终究也是一种幻象，就跟年轻时以为理想绝不可能是幻象一样。这是他对她和儿子感到歉疚的开始，不过她并没有因此回到他身边，他已经习惯于不传达自己的感情，她也有一条自尊的防线，儿子自然也回不来。他在他自设的监狱里疲倦地活着。她保留她的愠怒。儿子的冷漠逐日硬化。

习惯的势力延续着屋顶下三个人的共同生活，像他看见的每一个家一样。

妻递过来的照片一共有七八张，同一个题材，同一个角度，同一个距离，甚至连焦距、景深和曝光时间也看不出有什么分别。不可能架好摄影机对着同一目标按下七八次快门的，因此只是同一张作品的翻印，所以，唯一的解释，也许是要用这批照片做素材，拼剪出另一幅作品。他于是立刻想到普普，想到 Andy Warhol，想到可乐瓶、康贝汤罐和玛丽莲·梦露的单调机械排列画面。但儿子绝不可能成为普普艺术家的，眼睛里只看见自己，不可能有社会意识、机械工业、商业文明。他估计，儿子甚至连 Andy Warhol 的画片都没有看过。他见过儿子的艺术课老师，一位典型的向往十九世纪欧洲的美国小城艺术家，一位老太太。如果这个推测属实，那就只能有一个结论：儿子的这幅即将完成的作品，不是模仿，而是创造。

儿子的直觉或者已经开始触及他半生冲撞摸索所归纳出来的世界！他对着如今摊满一桌面的儿子拍的照片，忽然一阵发抖，仿佛有灵魂似的。

照片的背景是一片积雪，然而因为曝光过度（或者是有意曝光过度？），因此没有反光，只是模糊一片白。那白，因为没有光泽，色质感觉，便接近光源暗淡空间里白发的白。这平板枯索的白底之上，端端正正，坐着一只抽水马桶，绿灰灰的陶瓷，也没有闪光，张着大嘴。

隔书桌坐着的妻，兀自喃喃。他始终没有搭腔。但是他看见她缓缓抬起头来。她的面容，徐徐舒卷如偎依蓝天的白云。

"不管你怎么想，这孩子需要身体的接触，"她的声音里没有了焦灼，没有了愠怒，她继续说下去，以不慌不忙的节奏，"你能不能不那么吝啬，捏捏他的手，拍拍他的肩膀也好。"

他仍然没有搭腔，只吃惊地巡视着她的眼睛。

"能够这样说话，真是幸福。"

他心里只说了这句话。

然后，在他来不及重新埋头向书之前，他看见妻、自己和儿子，三个人同被萧索白发似的白色所席卷。望着槛外一松的张瀚，转过身来，化成绿灰灰的抽水马桶，张着大嘴。

他当时没有察觉。然而，三个人之间的相对关系，像一切不易察觉的化学变化一样，确实从此开始，从白发的白色里。

一九八七年十一月廿八日
纪念猝然撒手而去的父亲

——原载一九八八年二月《联合文学》第四十期

箫声咽

这岛的中央有一座教堂，教堂的钟楼高高竖起，差不多每隔十五分钟便有一阵鸟鸣似的音乐代替报时。每到夜晚，这钟楼常是笼着一层光晕，许是被它自身装设的灯光以及薄薄的暮霭氤氲而成。

那一晚，我们在临近的小楼上喝着啤酒，抽着板烟，吃我的葱爆肚丝，十五分钟一度的旋律颇有些扰乱人。

"你应该去听墨西哥教堂的钟，"我的朋友说，"则你听见的将不是圣母马利亚柔和的眼光与飘卷的衣袖；你将听见流血的基督，在十字架上，脉络暴露的垂死的筋肉！"

我什么也未曾听见。我只记得那一晚，天蝎座似游蛇一般将它的巨尾搭在我的屋脊上，夜分以后，那钟楼前两株削直的龙柏底下来了一位黑衣人,他盘腿坐下,随手摸出一支黑色的九节箫,呜呜地吹起……

次日凌晨,曙光未露,我的目光曾沿着龙柏上升的韵律,爬过插入霄汉的钟楼,停留在漠漠的天际;在那里,有一朵黑色的云悠悠地驰去,在箫声中,悠悠地,向东方……

——原载一九六三年九月卅日《现代文学》第十八期

莲雾妹妹

01

熄灯号吹响了,营房里只剩窃窃私语的声音,没多久,隔床的胖子就开始打鼾了。我还是翻来覆去无法入睡,仿佛这一天的折磨变成某种负担,积存在胃里脑里,非得做点什么消化了它才好。

营房外的月光,水银一样,流泻遍地,屋顶、围墙、司令台和尤加利的树叶,蒙上一层灰白,跟死人的脸色一般。走向厕所途中,我相信我的身形必然也薄薄镀上一层,要不然,阿檀看我的眼神,不可能像见了鬼似的。他只是不知道,我见他现身的刹那,本能反射,眼前出现的,就是他说过的那个故事。

古宁头高地站夜岗的人都见过,特别是月夜,高地下面连接海滩的那一片草地，数不尽的人体躺在那里，像草草收殓的乱葬岗，据说是当年战役对方承担抢滩任务的士兵，被击毙后，流出的血液，沿着身体的形状，渗透入地，那一带的草，滋养肥厚，长得特别高大。

阿檀说故事的时候，加油添酱，他问：

"摸哨的水鬼，匍匐前进时，混在那一片人形草堆里，怎么鉴别？"

我无法想象，若是碰到有风的夜晚，那种草木皆兵的恐怖。

好在我们当的是和平时期数馒头混日子的少爷兵，战争只是些传说和口号。唯一的恐怖，不过是硬着头皮熬过一段日子。在我们的心目中，辅导员侦探隐私的眼睛，副连长检查内务的神情，比什么都恐怖。

厕所里只有两个人。

"小张，"阿檀仍然压低了嗓门儿，怕鬼偷听似的，"我跟莲雾妹妹约好了，十一点，古坟那里，不见不散，你要不要来？"

"那我不成了电灯泡？"

"什么电灯泡，又不是谈情说爱，我只是答应教她英文，有你参加，热闹些，更好！"

我不会笨到连"教英文"跟"谈情说爱"之间的关

系都搞不清楚,不过,白天出操,给士官长罚做一百伏地挺身,一肚子气,何况,阿檀又说:"这样的月色,你睡得着吗?"

我早就知道,阿檀经常熄灯后偷偷溜出营外鬼混,每天睡眠不足,却从来不出事,他这个学医的,有个别人都没有的本事,睁开眼睛睡觉。我曾经真心求教,因为无论上课出操,永远昏昏沉沉,不打瞌睡根本不可能,一打瞌睡,便随时可能被教官抓出列,后果无非是各种各样的羞辱或苦刑。阿檀的办法听起来简单不过,他说你就把教官想象成一块大石头,目不转睛盯着他看,你进入睡眠状态,他绝对发现不了。我努力试过,完全行不通,像今天白天,那块想象中的大石头,开始还有形有状,不久就失去焦点,而后只觉得自己的脑袋变成那块石头,终至全身瘫痪,口水外流,竟然鼾声大作。

罚做伏地挺身的时候,我就想,这小子说不定有什么秘方神药,得好好巴结他一下。

我们连上,有几个医科学生,都是表面看来乖,一肚子古灵精怪的。入伍训练基地附近的村落里,稍有几分姿色的女孩子,很快就给他们钓上了。有一个,肚子搞大了,家长出头到基地长官那里告状,差点闹出个大案子，闯祸的准医师家里有钱，打胎赔钱遮羞了事。

莲雾妹妹是附近高中的学生，暑假帮家里做点小生意。我们打野外，休息时间，阿檀必然找她厮混，厮混的结果，大伙每次都分到几粒莲雾，莲雾妹妹的名字就是这样叫出来的。要知道，台湾中部的盛夏，炎热湿闷，火红的太阳下，少爷兵一个个晒得唇干舌焦，皮嫩肉白的莲雾，香甜果肉一包水入口，那是什么样的感觉！

月光下，我跟着阿檀，在一片相思树林里，摸索前进。

02

月光下的古坟，跟白天看到的，真的很不一样。

小镇就那么两三条街，几十家店铺。最长的那条街，一头接上公路，另一头到底，有个土地庙，庙上方，百年老榕，遮天蔽日，下面，日久天长，变成了寸草不生的广场。节庆日子，这里搭戏台，平常时候，颇有几个摊贩，但主要还是孩子们的游乐场，老年人喝茶、下棋的地方。

古坟就在大榕树和土地庙的背面，因为老榕长年挡去大部分的阳光，这个规模不小的墓园，野生植物并不茂盛，墓碑附近的花岗岩墙头，石头缝隙里，有些生命力强悍的茅草杂树，既无泥土，又指靠无定时的雨水，怎么都像盆栽植物似的，歪歪倒倒，稀稀落落，到了夏天，更显得奄奄一息。背阳加上避风，这里就成了苔藓、地衣和羊齿植物的天地。上百年的自生自灭，原始植物形成了某种秩序，完整而干净地占领了所有能够维持生命的空隙，仿佛与古墓的大块岩石结构成为共同体，全部化为自然。

墓碑上的刻字，大都无法辨认，年代因此也说不清楚，有人说光绪，有人说嘉庆，还有人说更早。墓主的身份，更是扑朔迷离，大榕树下的下棋老人坚持，那是前清秀才林某为他母亲修的。长街五金行的老板不同意，他说他听上一辈的人提过，廖家的地，可以算到天边，镇上这几条街，全是他们家的，古坟就是他们家的祖坟。日据时代，子孙不孝，经商失败，加上花天酒地，家财散尽，现在，连个扫墓的后人都找不到了。

那天晚上的月光，出奇地明亮，阿檀随身带着手电筒，但除了在林子里面找路那一段，后来就用不上了。还不到收割期，林子外面的水稻田，到处反光，禾秆稻叶间，藏着点点星光，走近时，才发现，动的是萤火，静的是软虫。月亮从天空洒下光的大网，田水反射的光交织其中，软虫和萤火穿插，我们的眼睛，是四尾在无边光海里游泳的荧光鱼。

四尾荧光鱼摸到古坟的时刻,已经接近子夜。

古坟周遭,杳无人迹,只有一片虫鸣。

那天晚上,直到凌晨,莲雾妹妹始终没有现身。

我跟阿檀,轮流干杯,把一整瓶金门高粱干完。

醉眼望,古坟是沙漠里浮在云端的海市蜃楼。我们就躺在海市蜃楼的怀抱里面,到老榕树叶隙漏下的太阳晒干了脸上的露水,才醒过来。

03

这房间的窗户开得很高,又小,透射的天光因此显得微弱,那角度,仿佛来自天堂,遥不可及,只容仰望。室内至少有一半空间堆置物资,报废的军用品,伙房储存的粮草,剩余的建筑材料……没有什么秩序,也未分类,按大小轻重堆叠,高得快到天花板,矮处有堆长条木板,叠成长方形,长宽都可容三五条大汉横摆竖放,就成了阿檀跟我的临时卧铺。

夜游归来,两个活宝就给抓起来,关进这间老库房改成的禁闭室。

幸好,负责看管我们的老王,虽然嘴歪眼斜,却是个地道的老实人,话不多,只是埋头做事。他的职务其实是仓库管理员，仓库增加两名囚犯，对他而言，不过多两个人给他做伴。我们当然极力讨好，他的反应，既不冷，也不热。两三天以后，稍微混熟了一点，我却发现，每天三餐，他不但为我们加倍打菜，还不时嘘寒问暖，好像这两个少爷兵的身心健康，他也有责任。

我们的"刑期"是一个礼拜。这个礼拜，是入伍训练期间意外得来的轻松日子，既不必出操上课，又免了挨骂听训，服装仪容没人检查，床铺内务也不用整理。宣布关禁闭的当时，气氛相当严肃，基地长官的表情，有点"乱世用重典"的味道。"不杀杀你们的威，如何维持军纪？"他说，"关起来，让你们体验体验失去自由的滋味，闭门思过，给我好好反省……"

反省？我还恨不得他关我一个月呢，一个月过去，就退伍了，省多少麻烦！

这个礼拜，阿檀怎么感觉，难说，我是真自由了。阿檀心里有事，又不肯开腔，窝在一边，自己发酵。

开始一两天，我看他还装正常。整天对着那几大本英文原版教科书死K，找他搭讪，爱理不理。大小便和放风，我总是设法多逗留一会儿，找人说几句话，东张西望，让自己的眼睛和舌头，增加一些接触，调剂调剂。阿檀好像完全没这个需要。老王押在后面，其实不怎么管，阿檀却奉公守法，什么花样都没有，目不斜视，二话不说，速去速回。

第三天，阿檀的心思暴露了。他看我跟老王聊得投机，央告我给他说个人情。他写好一封信，希望老王帮他找个适当的人，寻机会送出去。

两包新乐园解决了问题。当然，贿赂之前，得有些技巧，我趁老王聊得开心，问他脸上的伤疤怎么来的。老王的眼睛更斜嘴巴更歪了，然而，好像醉酒的人，脸上忽然有种异样的光芒，他说，古宁头战役，他守在山头，居高临下，机关枪的枪膛都打红了，等它冷却，大意点了根烟，中了冷枪。

"还好我擦火柴那会儿，有风，低头弯身，往下缩了那么几寸，要不然，那颗子弹，正好打穿心脏……"

人就是这样，一旦交了心，什么话都好说。阿檀的信，很快就送出去了。

莲雾妹妹来的时候，老王真够意思。他不但帮忙掩护，让她趁夜溜进禁闭室，还跟我们一道，把仓库里的器材、物资和粮食包重新调整位置，给小两口布置了新房。

那晚上，说实话，我真是辗转反侧睡不着。营地内外的细微动静都声声入耳，更何况"新房"跟我，只隔着十几袋黄豆。

晨曦从天窗似的玻璃格子斜射进来,我可以清晰分辨,阿檀粗重的鼾声底下,莲雾妹妹细小均匀的鼻息。

04

入伍训练结束,退伍那天,我们终于跟莲雾妹妹在古坟见了面。这事本来没我的份儿,但阿檀说:"她坚持要你去,你是我们的结婚证人,她要我当你的面发誓。"

他们连老王都找来了。莲雾妹妹一早就等在那儿,她还准备了四个便当,鲜花香火纸烛,阿檀带了三瓶酒,两个金戒指。

仪式倒是蛮简单,老王做主婚人,我做证婚人,两人先拜天地,再拜祖宗,戴上戒指,给老王和我鞠躬,再相互一鞠躬,便算礼成。整个过程不到十分钟,可是,有两个小小的意外,是我事先没想到的。

第一个意外是老王。

主婚人致辞,老王的表现就有点离谱,这个老丘八、老农民,大字不识几个,却像冬烘先生一样,掉起书袋来了。他先说,他这辈子,主持结婚是头一遭,该怎么说,不清楚,好在自己结过婚,还记得几句词儿,是他们乡下有学问的人教的。于是,他用他的山东土腔土调，念了《诗经》里面的应景话儿：

"窈窕淑女，君子好逑……之子于归……宜室宜家……"

中台湾的夏日，蓝天白云，艳阳高照。老榕树荫底下，古墓青石板上面，有万千金黄的光点，混合在黑色的叶影中，摇曳晃荡。

老王挣扎说完他的台词，脸上的肌肉立刻放松。眼睛里，却似有泪水的反光。

一对新人敬酒，老王一口干了，补上一杯，又一口干了，就这样，连续七八杯下去，脸红了，眼睛冒火，身子摇摇摆摆，一屁股坐在地上，大姑娘似的，抽噎耸肩，哭起来了。接下去，更加乱套了。

他说话原就有点结结巴巴，酒灌下去，舌头大了，更搞不懂他说些什么。

关禁闭那几天，一起闲扯淡，略略知道他的身世，我当时只是为了杀时间，无意寻根问底，只知道他老家有个女人，还给他生了个白胖小子。

"到这时，没病没灾的话，不只放牛，该下地干活啦！"

这样的故事，部队里，每个老兵一个，早就烦了，老王的身世，也跟每天的例行公事一样，听在耳朵里，毫无感觉。但是，眼前的景象毕竟不同，一条汉子软瘫在地上，掏肝挖肺，野兽一般，吼叫嘶喊，何等彻底地解放了自己！陶醉在幸福中的阿檀和莲雾妹妹，有点不知所措，我也觉得自己的内层，忽冷忽热，发烧一样，抖抖的。

第二个意外，是莲雾妹妹。

拜祖宗的时候，我就觉得奇怪。她拉着阿檀的手，两人转身，面对墓碑，跪下去，磕头。

原来，莲雾妹妹后来解释，古坟是她家的祖坟，前些年，耕者有其田，家产变卖一光，爸妈搬去台北，丢下她跟弟弟，陪着死也不肯离家的老祖母。她只好一面等毕业，一面找机会。过年过节，他们上台北，只有清明扫墓，爸妈才回来。

除了这两个小小的意外，婚礼大体是按照阿檀的计划执行的。何况，即使意外，婚礼应有的祝福并未受到影响。阿檀可能没有想到，他这个准医生，多少豪门富户抢着招亲，居然娶了个破落户人家的女儿，但这也就是我特别喜欢他的地方。他自己出身穷苦，靠家教熬到医学院快毕业了，还能这样不顾一切地恋爱，我们连上那批医学院学生当中，算他最有志气了。老王发酒疯，虽然闹得大家心神不宁，但他触景伤情，也是人性之常。而且，小两口终成眷属，没他通融照顾，成不了事的。好在他闹场时间不久，这会儿，一身上下，铺着金色阳光颤动不已的小圆片，早就进入梦乡。

那天的天气，不能再理想，整个下午，蓝天、暖阳、微风、鸟语阵阵，大榕树那儿，不时传来孩子们的欢笑和老人学唱歌仔戏的嘶哑嗓音。

我们也学老王，都躺下了。莲雾妹妹枕着阿檀的腿，我的头，睡在莲雾妹妹的裙子上，阿檀的双手，握着我的脚，不知不觉，我们都进入微醺状态，开始做梦了。

阿檀说，他要做中国的史怀哲，到老王的老家去，开一个义务诊所，治病救人。我宣布，我这个政治系学生，绝不走升官发财的路，我要组织一个政党，鞠躬尽瘁，推广现代化的理念，把全体中国人，都教育成世界公民。莲雾妹妹的梦比较小，更可爱，她说她要去美国学最新的幼儿教育，将来，收养一批又一批的孤儿，一辈子，什么也不干，就教他们跳舞唱歌。

那天的莲雾妹妹，是我有生之年见过的最美的女孩。她没怎么打扮，除了唇边一粒红痣，黑发、黑裙、黑鞋，配上白脸、白衫、白袜。全身上下，黑白分明。尤其那对眼睛，白是白，黑是黑，像两三岁的娃娃，一丁点浑浊都找不出来。

05

五六年后，中秋前夕，深夜时分，我从永和探友回程，骑着脚踏车，走过淡水河上的川端桥。虽然不是台风天，那晚的风势不小，尤其上桥那一段，迎风爬坡，十分吃力，连眼睛都睁不开。那时候的我，在省级机关做个初等公务员，收入勉强糊口，代步的脚踏车，价廉物不美，行至半途，拼命死蹬的结果，链条脱落，只得跳下车推着走，直到桥身比较平直的顶部，才松口气，拉起脚架，准备修车。就在这个时候，我侧耳听见紧急刹车的声音，回头看，一部灰蓝色的庞蒂亚克，停在旁边，引擎仍未熄火。

车窗摇下，长发披肩的摩登妇人，探出头来。

"小张，死鬼，还好我眼尖，要不然，又错过了。"

我望着那张浓妆艳抹的脸，一句话说不出来，若非那一小粒红痣，怎么都不可能相信，这就是久违了的莲雾妹妹。

胖大的军曹（注），她叫他甜心，下车，抓把剪刀似的，把我的铁马，塞进行李箱。莲雾妹妹坚持，请我到圆环，陪他们喝啤酒，吃夜宵。

从头到尾，军曹没吭声，他插不上嘴，只顾狼吞虎咽，灌啤酒。我也没什么话，啤酒不想喝，鲜蚝吃不下。唯有莲雾妹妹，她现在名叫妮娜，说个不停。

但是，她到底说了些什么，事后追想，却怎么都记不起来了。

十五六年过去了。

有个礼拜天下午，闲翻报纸，忽然在广告上看见阿檀的名字，是个西药行的广告，地点在延平北路，广告重点推销的，是最新发明的专治阳痿早泄的美国仙丹。

那时候的我，在省级机关里，爬到了简任地位，虽然没资格买轿车，但也不必跟人挤公交车了。

计程车司机指着西药行的招牌说："是这家了。"果然，招牌下方，注明某某大医师驻诊，大医师的名字，就是阿檀。

阿檀见到我，并没有我想象中那么兴奋，或者，他早就过了兴奋的年龄。三个孩子的爸爸，老婆是他入赘的西药行老板家的女儿，诊所门庭若市，接近五十的年纪，前额半秃，身材臃肿，说话口气，慢条斯理，好像已经养成某种权威的习惯。当然嘛，每天治病救人，权威口气，是必要的。

我跟他提到十多年前见到莲雾妹妹的巧遇。他倒是笑了笑，然后说：

"当年是她负我，不是我负她。她一心想去美国，我只想开诊所。不过，想开诊所，没有本钱，也是没有办法的事……"

临行，他塞了一大包美国仙丹给我，还说：这东西，信就灵，不信，也不要紧，反正里面都是营养补品维生素，吃了也不坏事的。

二十五六年之后，我接到老王战友发来的讣闻，因为公务繁忙，一时无法抽身，等一切安排好，赶到花莲，葬礼已经过去了。

那时候的我，终于爬到顶了，虽然只是永远的副座。上头政策变了，外省第二代的我，也只好认命。老王可能连认命的选择都没有，年纪大了，被部队淘汰下来，无处安身，幸好有批老战友，在东海岸的河滩石头地开荒，收容了他，总算有口饭吃。没想到，五十多岁以后，恢复农民身份，还是干他的老本行，一直干到断气。

我的专用轿车开到了半山腰，没路了，开始步行。

转弯抹角，山旯旮里找到了那个乱葬岗，边边上，有座寸草不生的新土堆，老王就躺在那里。

我献上鲜花，点香，烧化纸钱，在坟前三鞠躬。这时突然感觉，这一带，好像有点什么不太对劲。仔细看，山朝东，面向太平洋，可是，这里的坟，一个个，虽然排成序列，所有墓碑，一律朝西，每个躺在墓里的老兵，眼睛都望着大陆。

那以后，我再也没见过阿檀，不但没见过，连消息都没有。

莲雾妹妹呢？虽未见过，倒是听别人谈起过。她终于去了美国，在洛杉矶的华人新聚落钻石岭，开了一家美容院。据说是军曹带她出去的，不久她也就把那个胖甜心甩了。我只是不知道，她现在是不是还叫妮娜。

注释：

军曹：此处特指美军中士，暗指二十世纪六十年代的中国台湾，有美国军人横行跋扈的怪现象。

俄罗斯鼠尾草

难得有个晴天，他考虑要不要整理一下后院那畦多年生草花圃。

花圃开辟到现在，已经三四年了，仍然不成气候。当初按书本设计蓝图时，估计三年就应到达"成熟期"，也就是说，当年种下去的每一个品种，经过这段时间培养，都该丰满壮硕地占有预置的空间，植株与植株之间应已没有空隙；茎叶的形状与生态应已融洽搭配；花与花之间，颜色与纹理应已和谐共荣，呈现他纸上作业的效果。

然而，特别在夏末的光线里，花圃的脱序、失衡，委实触目惊心。

最嚣张莫过于醉蝶与波斯菊。原先的构想，只是借助它们的高度调节前后行之间的差距，而且预估到它们的花色有些抢眼，因此每一种只种了两三棵，不料三年下来，自播自发，各已占据一大片地盘。阳光本就不足，后排的单瓣白花蜀葵、紫花飞燕草和土黄欧蓍，始终达不到应有的高度，而生命力过于旺盛的波斯菊与醉蝶，不但未受制约，反倒充分发挥抢夺阳光的本能，横七竖八，不但压过了后缘的高植株草花，连前缘一带地被植物性质的薰衣草和各种品类的石竹，都因此失去了上空。

下狠心铲除百分之八十的波斯菊与醉蝶，这是第一步该做的工作，他想。他搬来一张条凳，面对花圃坐下来，意识到这整整一个周末的时间，或许应该把所有该办未办的杂事拖一拖，只专心享受劳动与流汗，这样一想，竟微微感到即将到来的淡淡喜悦。虽然，早在春初就应动手的事，现在才下决心，已经有点荒唐，何况，他并不是不知道，到了这个季节，两三个礼拜以后就难免降霜，一时心血来潮，大力整顿一番，究竟是为了什么呢？他又陷于现在做还是明春做的小小矛盾中。

在条凳的另一头，不知何时起，坐下了一个高大的人形。

"爸，怎么野草长这么高你都不管了？"

人形跃起，沿踏石跨入花圃后缘，伸手拔起来一株灰蓝色瘦直刚硬的艾草。

"哎呀……你慢点……"

儿子站在他面前,手里拎着他心爱的俄罗斯鼠尾草(注1)傻笑着。

第一次发现它,是四年前的初夏,到植物园找灵感的那天。这是个服膺英国园林哲学的植物园,草坪上开辟的多年生草花圃,在阳光金灿的绿茵蓝天之间,从容地传达大英帝国维多利亚时代的理性与优雅。那一丛原生在巴基斯坦西部草原的俄罗斯鼠尾草,在那一畦以粉、白、淡紫为主调的花圃的后缘,怒放着,上百枝青灰底色的鼠尾草,蹿起空中,缀满了靛蓝小花,远望似一片灰苍苍的烟雾。

在理性布局的基础上,不着痕迹地经营一个罗曼蒂克的梦境。这就是三年前开辟后院这一畦土地的原始动机。儿子手中这一株发育不良的"梦",是他搜遍各种邮购目录从俄勒冈州一家专营稀有植物的苗圃里订购到的。

他没有跟儿子说这些,从工作服口袋里掏出花剪,把烂叶腐根清除后,又把他的"梦"重新植回土里。

儿子或许意识到一点什么,或许什么也不曾意识到,重新在条凳上坐下,眼睛没看他,仿佛在跟自己说话。

"我决定不上大学了,昨天寄出申请表,明年一毕业，就去海军陆战队报到……"

所有可能到来的喜悦，彻底冲刷干净。他转过身，第一次望着儿子的眼睛，不明白这个夏末的午后，为什么这么特别。

两个星期以前，他到儿子的学校去赴约，跟负责指导学生升学的顾问柏金斯博士谈儿子的前程。

从一个小城白人的眼光中，他看出儿子的优异成绩表现，并不一定能够解决少数民族终归要受点歧视的命运。

"我们不能光靠SAT（注2）的分数……"柏金斯博士说，"你挑的这些学校，有一定的甄选标准，人家要审查领导才能、小区服务表现、体育运动能力等各方面的条件……"

终于不得不妥协，选了一个二流州立大学，作为"保险"。

然而，从儿子现在忽然透露的这个秘密动作看来，他付出的所有心力都显得荒谬，他多年的希望，更是一个禁不起考验的罗曼蒂克的梦，就像那一团始终没有出现的灰蓝烟雾。

"问题出在哪里？"

他继续坐在条凳上。儿子发表了他的声明后，便借故离开了,不让他有任何机会转圜。这个决定是不容更改的。他知道儿子要传达的就是这个信息。他知道儿子是用故作轻松的手法传达这个信息。傻笑、鲁莽与心机、决定之间,仿佛成为一种奇妙的混合,十七岁的儿子,像一条刚蜕皮的蛇,游走在他心神不定的世界里。

四年前的那一幕,忽然栩栩如生,重现眼前。

"鲁先生,"身材高大的年轻警官说,"你不介意我跟你儿子单独谈一谈吧!"

被自责和厌烦所笼罩,他慌乱地点了头。像一名束手就擒的现行犯,儿子被带进一个他看不见的房间。半小时以后,他看见儿子出来。那时候的儿子,走在警官前面,头顶只在人家下巴的高度。衬着黑色的警官制服,儿子的脸煞白,仿佛刚经过一阵痉挛。

他没有感到任何不妥。仍然被自责和厌烦所笼罩,觉得警察的做法算得上合情合理。警官对他说:"这一次就算警告,如果再发生类似的事件,我们就不能不留下犯罪记录,也没有办法说服对方的家长不正式向法庭提出控诉……"儿子的受惊,他也没有理会,从他自己的成长背景判断,儿子的受惊是罪有应得。不过,他还是仔细问了一下,在那个他看不见的房间里,究竟发生了什么事?儿子避免正面回答,逼急了,才说了这么一句:"这狗娘养的猪,他以为我害怕了就会出卖朋友……这狗娘养的……"

究竟真相如何,连他也问不出来。警察局只是通知他,三名女生的家长联合控告,说他儿子和另外三个十三四岁的男孩子,用鸟枪追赶他们的女儿,而且,有一枪几乎伤了人,幸好是冬天,枪弹射穿了皮大衣,差一点碰到身体……

男孩子们的口供完全一致:女孩子骗他们,说林子里有一窝浣熊,要他们帮忙去赶。到了林子里,见鬼,哪里有什么浣熊,她们究竟要干什么?她们心里明白……

那么,皮大衣那个枪眼怎么解释?

男孩子们的口供完全一致。

她们要看我们的裸体。不给看,珍妮就自己脱下大衣往上面打了一枪,用这个来威胁……

从事件发生,到警察局来查案,中间至少有两三天,男孩子们有足够时间把故事细节调整好。不过,十三四岁的男孩子,脑子能够这么细密吗?

显然是谁都没有办法判断,包括警察在内,其中的一个关键是,那批女孩子原告,都高一年级。

案子就这么不了了之。

不过，他心里倒是留下一个疙瘩，四个男孩子之中，只有他的儿子被叫进密室去单独问话。唯一可能的解释是：因为他儿子的身材比较矮小，因为身材矮小的黄种人看来比较容易吓住？

他感觉他心里有这么一个疙瘩，可是他一直没有仔细想过这个问题。他的成长背景限制了他，他觉得自己没有管教好孩子，他觉得儿子这样下去，怎么得了！他被自责和厌烦所笼罩。然后，时间抹去了他心里的这个疙瘩，直到现在。

"为什么选择海军陆战队？为什么事先一点迹象也没有？为什么儿子离开自己这么远，一点都不曾发觉？为什么……为什么……"

为什么需要强光的俄罗斯鼠尾草，被波斯菊和醉蝶抢走了生长条件而营养不良，他到现在才发现？

理性而优雅的梦，就在眼前一畦脱序、失衡的多年生草花圃里，彻底破灭。

最需要他保护的时候，他却陷在自责与厌烦的无聊情绪里。儿子选择了海军陆战队。

在难得天晴的这个周末，他终于下了决心，不等明春，现在就动手，把花圃里面所有的植物都连根挖起，重新修剪，再按照它们的习性安排合理的空间，植回它们应有的位置。那株俄罗斯鼠尾草,也因此获得了阳光最充裕的地点。

离入学申请的截止日期,有将近半年的时间,也许,他想,也许他还有一次机会。

注释:

1.俄罗斯鼠尾草:俗名Russian Sage,学名Perovskia atriplicifolia,原生在中亚细亚,也许最初传到欧洲是通过俄罗斯人之手,才得了这个名字。

2.SAT:Scholastic Aptitude Test的缩写,美国中学生申请大学必须经过的考试,主要考语文能力和数学。

棋盘街落日

约莫是黄昏与向晚之间,总之,你终于飘然落地,那当儿,确有一层轻雾,不远不近地裹在你的脚踝边,于是你知道,你到了棋盘街。棋盘街!你不由得便想起那些水田,以及水中轻搔你脚背的稻叶的残梗,以及脚底心软凉的泥,以及水田边上汪汪的残洼子里,风过时,浮在茭白根旁那些紫色小花轻微地战栗,于是你便踢踢脚边的尘土,顺手摸出打火机把烟点着,随后扭了扭梗着的脖子,遂在这狭窄的田埂上散起步来……

然而这天顶究竟也不甚高,又瘦伶伶地被割剩了一条。当然也有些懒散的云,挪进来又挪出去,滞滞的。

所以,你终于也就明白,这仍旧是些十字形与田字形的游戏;仍旧是些钢筋水泥夹制的轨迹。稍稍不同于往日的乃是今日的天气——制造无唇的脸庞的天气,于是,正当你无聊地驻足于这棋盘街的街心,你忽然为一个新鲜的念头所喜,一阵奇异的冲动使你兴奋起来,你悠悠分开两腿,将头颅徐徐下坠,在这钟摆与指针的美丽结构中,你展眼望去。喔喔!好一个美丽的葬礼!在泥灰色的铅笔盒的尽头,恰恰堵着一饼赤红滚圆的落日,且正沿着这棺材的窄窄的顶,将它的颜色血一般地血一般地涌进来涌进来……

挂着与落着的雨

　　于是你始而念及没遮拦的一个圆。你在圆中，圆在没遮拦中。而没遮拦是不合于圆的，正如圆不合于你。

　　然则，当夜晚：你穿过草香，穿过建筑的黑影，你穿过回廊，以及回廊中铿锵的静。当夜晚：你浮游于迷离的灯火，浮游于灯火与灯火间不可解释的距离，以及它们复杂的图形，呵呵！以及这无法改变的图形中澎湃欲出的冷冽之力。当夜晚：你步上阶梯，感觉自己的重量。当夜晚：你痴立阳台，凝视已然铸成的自己被围以透明而弹性太大的帘。帘外，流行的尼龙色的雨，一根根地挂着……

　　不为什么，由是——

　　圆在构成，且是无遮拦的。且扩散于暗夜中，于洁白的暗夜中，你翕然张开双臂……

　　而这圆仍一径地构成。诸如一根一根落下的雨。

清秀可喜

今天收到小田来信，真有点喜出望外。屈指算来，咱们哥儿俩，自从他响应号召，第一批到边疆去，不见面怕都十几年了。十几年来，也记不清楚给他写了多少回信，逢年过节，又三番五次托人捎上些儿腊肉、红枣儿什么的，却连个收条都收不到。十几年了，尽管上面有探亲假的规定，他可是坚持到底，一次也没回来过。这一回，不明白是什么道理，这个花岗岩脑袋，以为他铁板一块，居然又破了戒了。

小田的字，还是那么清秀可喜。不愧是我们那一伙当中的第一号才子。他不但能写能画，手风琴也拉得很棒。"文革"还没起来那阵子，学校里，编墙报，办晚会，一向是个中心人物。不过，跟那时候的字比起来，小田的信，看着却有点陌生。

倒不是字体变了，基本上，还是他那种风格，还是谭老师恰如其分的那句评语——清秀可喜。可是，不满一页的信，光论章法，便有那么一种说不出的惹眼。好像若有若无，却又不容否认，整篇字，一律由左往右、由下往上，稍稍那么偏斜着。拿尺一量，倒是明明白白，工整得紧。

说起谭老师，他死了也十几年了。他那笔兰草，小田模拟起来，几可乱真。"文革"初期，我们这儿，火种还没点燃，小田私底下就跟我说了："他这个路数，离不开郑板桥，有点'封资修'……"那天，四下无人，小田点上火，把我们的"作品"，偷偷烧了。接下去，没多久，就"破旧立新"，就"斗私批修"，谭老师也就给赶进了"靠边站"的"一小撮"里面。

有一晚，我们"井冈山战斗兵团"为了布置第二天揪斗校内走资派陈、胡、谭、罗"四大金刚"的公审大会，大伙儿彻夜不眠，干得热火朝天。我和小田，都在总指挥部的宣传小组工作。半夜两点多了，我还记得，赶完了一批大字报，刚想歇歇手、抽支烟、透口气儿。一不留神，把半瓶墨汁打翻在一大张白报纸上。

"扔了可惜，"小田说，"我来加点工，化腐朽为神奇，为革命添砖加瓦！"

小田拿起笔，唰唰唰几下子，就把"四大金刚"那副牛鬼蛇神嘴脸勾勒出来了。"四大金刚"里面，谭老师总是排名第三，当时，我们就管他叫谭老三。小田利用那一摊墨迹，悬着腕，连拖带扭，画出来弯弯曲曲一条蛇身子，又给他那瘦削的脸庞，架上一副黑眼镜了，就那么准，刚好利用上溅在那儿的两大坨墨点。

"真有你的，小田！"大伙儿直拍手。"真有你一手！"我说。小田搓搓手，说："文化旗手，你来，配上一句词儿。"我也当仁不让，接过笔，在蛇头上方的空白处，添了这么一句：

"我的好处，就在于柔若无骨！"

大伙儿又拍手叫好。小田用笔圈起这句话，顺手一钩，就钩进谭老三那张给画得媚媚的蛇嘴里。

"鬼斧神工，珠联璧合"，这是在场群众的一致评语。

正在闹哄哄的当儿，小辛气急败坏跑了进来，一脸发白。

"我……我不过打了个盹儿，他……谭老三……不过几分钟……"

小辛那晚上值班，看管关在厕所里头的"四大金刚"。

"胆敢自绝于人民！"有人发声喊，大伙儿叫着，一窝蜂往厕所方向跑。谭老师趁小辛瞌睡，在厕所上吊死了。

小辛的话可能要打个折扣，他的瞌睡，大概不止几分钟吧。那条裤腰带很细，谭老师一定是怕它撑不住自己的体重，把内衣撕成了碎条，交叉滚缠在裤腰带上。就这么算，几分钟时间里，不要说做不完这趟细活儿，恐怕在加强了拉力却削弱了割力的那条裤腰带上，等自己断气都来不及。

屋子里跑空了，只剩下咱们哥儿俩。我夹着烟的手指头，仿佛提不住那支烟，竟微微地有点发抖。再怎么说，谭老师可曾经说过，说我们两个，是他最得意的学生。我看小田更是不很自在，他把那幅神来之笔的漫画，三把两把扯碎，揉成一团，丢进了字纸篓。

那一年夏天，"井冈山战斗兵团"大分裂，小田站到了我们的对立面。我痛心之余，当众揭发了小田撕碎漫画这件事。然后，我记得，"文攻武卫"开始了，派仗打出了真刀真枪，小田成了我们的俘虏。

小田的右手，有三根手指头，就是在我们"专政小组"逼供下，用绳子活活拉断的。"教他以后站稳阶级立场！"换俘的时候，负责审讯的老童说。那是我最后一次见到小田，也是我最后一次参加"文革"的行动。

小田的信，其实都很家常，信末尾，还提了一个小小要求，也挺家常的。

……这里倒也住惯了，成了家，家乡也就不那么想念了。只有一样，这里的食物，十几年了，还是不太习惯，总觉得淡，有时嘴里真淡出鸟来！能不能给我搜集一些种子？要那种尖嘴长身鲜红欲滴的辣子，才够味道……

我捧着小田的信，读了一遍又一遍，终于想通了一件事。小田当年撕那幅漫画，跟我这么些年来莫名所以地从不放弃给小田写信，追到底，不就是一回事吗！只不过，他是真正的辣子脾气，发得快，我呢，慢一点而已。不过，他可真能记仇，十几年，才回一封信。然而——啊！我突然又明白了另一件事。难怪读来读去，总觉得小田的字，有点斜斜的，原来他在练字。花了十几年工夫，真亏他，终于把左手的书法，也练出了谭老师恰如其分地夸奖过的那种"清秀可喜"的味道来。

捏着小田薄薄一页信纸的手，又微微地有点发抖。但这一次，我心里可明白，倒不是因为提不住那份重量，反而只觉得，像刚刚退了高烧，虚脱而又轻松。

大落袋

....

他说:"还剩五元钱,买张奖券如何?"

"算了吧!"我说,"还不如当了手表去玩大落袋(注1)。"

于是我们跨过新生戏院前的铁路平交道,折进中华路旁边的小巷中去。

"……明天开奖,本行卖出大奖最多……"那有些哑涩的从廉价唇膏涂着的口里发出来的呼喊尾随着我们,直追到小巷的转角,直追到我们混乱的脑神经与空洞的心中。

八成新的Titoni(注2)换来一张崭新的当票与某种快意;悄悄的、隐秘的快意,像提了一壶酒,我们有着酩酊前的兴奋。

"你怎么会想起大落袋的,真是'绝招'。"他说。

大落袋弹子房在一家酒吧的三楼。窄扶梯自开着的窄门拉到顶端一方洞口，转进去却是很宽敞的，壁上挂钟指着将近十一点，冷清清的，已经准备打烊了，记分小姐捻亮了台上方的电灯，翠绿的细绒台面温暖而细腻地现了出来。温暖而细腻，恰似我们的心情。和蔼的老板是中年人，走过来摆球，踏着稳重的步履，在高高的酒吧的三层楼上。铁灰色细质地的尼龙夹克，生意好的时候笑呵呵，清淡的时候呵呵笑，或者用镂花的精致的折叠小刀修理杆子。

　　颜色球滚着，不为什么地滚着。

　　"这次我要吃黑的。"我说，"我要把它笔直地打落底袋！"

　　"开玩笑，你打进去，我吃掉。"

　　是的，我要打落它，这并没有什么难。只需看准那一点，手臂摆动得平稳些，笔直地打落它，上帝，我要笔直地打落它，笔直地打落它，这并不难，这一点都不难，只需一点点冷静。

　　黑球在洞口震了几下，反弹了出来。

　　"别逞强，你根本没这本事。"

　　我并没觉得怎么样，因为我早已习惯了这类事，总是热烈地希望打落什么，总是反弹出来。

　　老板走过来瞧着，手背在后面，带着温婉的笑容。

"你太性急！"他说，"瞄得倒很准，只是用力过猛，性急了些。"于是他拿起杆子，轻轻一推，黑球平平淡淡地落入了袋底。

但是我并不惊讶，也不见得佩服。他打落的是七分的黑球，这并没有什么难，任何人都可以打落它，只需要一点点技巧。一点点技巧我也有，手放稳，眼睛看准。但是我却打不进，我打的不是七分的黑球，我打的是什么，我也不知道，但是我知道也许会打落它，只需……只需一点点冷静。

我的朋友不再笑我了，他看出其中的严重性。但是他也开始打不准了。Minus、Minus，记分小姐吃吃地笑着，并且加速扣着他原已满积起来的分数。

"有鬼呢，"我的朋友埋怨着，"怎么我越是用心越打不准？"

"你们都太性急了些。"老板摇摇头踱开了去，好像他踩着的不是灯光昏暗的酒吧的天花板。

我渐渐地有些生气了，我是应该打落它的，我已经当了手表，我拒绝了朋友买奖券的要求，我跨过了嘈杂拥塞的平交道爬上这座陡直的狭窄的扶梯，到这酒吧的三楼来打大落袋，我是该打落它的。我尽量容忍着，老板说得对，我不该太性急，性急是成不了事的。瞄准，轻轻一推，我感觉滚圆细瘦打了滑粉的杆子在我左手大拇指与食指做成的优美的凹槽中一溜溜出去，杆端的橡皮头轻轻地触着那冷凝的球体而微微地反弹了回来，甚至那大理石琢成的冰冷的球体沉重地开始滚动的感觉也从浑圆细瘦的白漆杆子传到了我握着的右手。我急切地凝视那黑球，它确实是够冷静的，它滚过翠绿细绒的台面，以一种寡廉鲜耻的冷静风姿，悠悠地撞着底袋的右角，反弹到左角，随即静悄悄地停在洞口。朝我的这一面映着一层薄薄的光晕。幽幽地、冷冷地停着。

"现在看我的吧！"我的朋友傻呵呵地笑起来，"我闭着眼睛打进去你看。"

他并没有闭上眼，他的嘴唇因用心、使力而噘成小喇叭形。啪！他用力甚猛，企图把黑球顶进去把白球拉回来，但是白球在弹回后又迅速向前滚，无可挽回地落进底袋中去了。

"Minus！"记分小姐又吃吃地笑起来，抹着厚脂粉的脸都笑皱了，"两个人都成负分了。"

"今晚实在有些蹊跷，这黑球像故意跟我作怪。"我的朋友不得不这么解嘲，实际上他自己肚里明白得很。他也缺少一点点冷静。

记分小姐把黑球从袋里拣出来放在原处。

"你们开始的时候还好，怎么现在连杆子都拿不稳了?"她说。也许她在暗示我们天色已经太晚，她的瞌睡已经不易支持了。但我们是晃过长长的大街，带着酩酊前的兴奋来的，不能就这么沮丧着回到街上去。我们总该教自己相信，我们是来做些什么事情的，我们是做了些事情的，譬如说：把黑球笔直地打落底袋。况且这也并不是难事，和蔼的老板不是做得很好，虽然他打落的只是黑球，只是七分的黑球，而我们虽不知道想打落的是什么，但是也许我们会成功，我们应该成功的，只不过需要一点点冷静，一点点冷静罢了。而她竟说我们连杆子都拿不稳，难道八成新的 Titoni 是白当了，崭新的当票还在裤袋里，难道放弃买奖券不是需要勇气的?难道我们穿过拥塞嘈杂的平交道，穿过酒吧间的狂乱的音乐，穿过窄窄的门与窄窄的扶梯迈上这三层楼来，不是决心要打落一只黑球?而她竟说我们连杆子都拿不稳! 世界上还有比这更无聊、更无理的事么?但是我自知与她争辩是无益的，她只是不耐烦支持她的瞌睡罢了。

黑球兀自冷然地停在洞口，一片薄薄的光辉反映着。我想走过去用杆尾把它一杆敲下去。我的朋友阻止了我。

"算了吧!"他说，"何苦非打它进去不可?"

是的，我也这么想。为什么我们总想做些自以为有益的事，为什么我们总想说服自己是活着，为什么我们总想打落什么，为什么总有黑黑的夜与长长的街以及窄窄的门与高高的扶梯。是的，为什么一定要打落它，我们又不是生来打弹子的，何况这又是大落袋，原比普通的小台子难打些，何况酒吧中急切的旋律不断地飘扬上来，何况我们酩酊的感觉全然在老板那把镂花小刀细微而有节奏的磨切声中遁去。何况这已是午夜二时，黄昏已然死灭，而黎明尚远……

我俩自狭窄的扶梯降落到街上，街面笼着淡白色的雾，店家皆已打烊，铁栅门掩着，招牌上的电灯犹自独燃。两只焦渴的猫在昏黑的窗台上嘶喊着……

一九五九年冬写于台北

注释：

1.大落袋：一种台北市较少见的撞球游戏，较普通弹子台面约大一倍，球更小，更精致，袋口更窄。

2.Titoni：手表品牌，二等货，但当时还没发明数字表，所以还当得出一点价钱。

王紫萁

儿子一向是个好问的孩子，自从上了中学，问题便越来越少了。有时候，不但不问，一开口，还有点说教意味。像今天，一个日丽风和的礼拜天下午，父子俩各据一张书桌，背对背坐着，忽然，儿子转过身，把一本图书馆借来的大书摆在我面前。

"你看！"他说，"你读读这一段看！"

那是一本硬皮精装沉甸甸的参考书，封面上印着两行大字："北美洲野生植物图鉴"。摊开书，对开的两页里，一面是按分类学次序编排的个别物种的详细文字记述；另一面则是同一植株的整体形态和重要器官的细部素描。

儿子的手，指着蕨类植物概述里的这么一段话：

"……有些羊齿植物扮演着生态演化的先锋角色，扎根在镂空岩块的罅隙、泥炭沼泽和湿地里，为森林植被的最终出现，创造条件……"

我隐约知道儿子为什么让我"读读这一段看"。三年前，也是这样一个美好的礼拜天下午，我们在哈得孙河上游的阿迪朗达克一带爬山，在一片榆树林子里，发现了一大丛欣欣向荣的王紫萁（注），那就是我们父子俩共同规划经营"羊齿植物园"的开始。儿子或许是要借此告诉我，他现在终于揭穿了我为什么拉他一块儿搞这个小小"植物园"的心计。然而，我的意绪，倒是一下子给引向窗外的王紫萁，焚烧着绿火也似的一大片，正迎风摇动。

三年前采回不到半英尺的一段根茎，如今早已繁衍一米见方。每年四月中旬，雪融不久，根茎缘伏的地面上，便抽出一根根嫩芽，在触面微感暖意的春阳里，饱浸水分而闪闪发光的松软、烟黑的海绵土壤上，排列着一排又一排纤细挺直的紫色维管束。

王紫萁之得名，可能就来自紫色的维管束。然而，仔细观察，那紫色的维管束，尤其是新芽萌生时期，却不全然是紫，通体颜色，似乎介于青紫之间，只能说是乌青淡紫，像婴儿受冻的小手，虽不失香嫩柔滑，却明显看得出皮层下满布着近乎凝结的微血管。

采集王紫萁的那一天，儿子忽然没头没脑，提了这么一串问题：

"爸，为什么你不参加家长会？为什么我们从来不跟邻居来往？为什么他们德国人、瑞典人、爱尔兰人、黑人都吃美国菜，我们中国人，为什么老吃中国菜？……"

在阿迪朗达克山脉俯身眺望哈得孙河谷的一片倾斜的草坡上，我记得，我确实照例有过一个答案。不过，那是足足抽完了一支烟，才支吾出来的一个答案。

"我们来做笔生意，怎么样？"我望着哈得孙河向东蛇行的反光说，"你让我做我的中国人，我也让你做你的美国人，好不好？"

礼拜天下午的阳光，尤其在五月，过了两点，便一寸寸都是美好。我望着王紫萁在和煦春晖中翩翩起舞的亭亭羽片说：

"你不是要做田野调查报告吗？光抄书怎么行，走！我们上山去！"

所谓山，就在儿子学校的后面。高不满百步，长宽各一英里左右，不过是混生着各种温带阔叶林的一个土山丘。然而，究竟还是一个自成系统的生态小环境，仔细寻找，还发现不少形态殊异的品类。儿子找到了六种不同的苔藓，采集了标本。在径流附近的潮湿阴暗地带，我算了算，也有四种不同的土生蕨。最奇的是，径流尾端坡度平缓的地方，有一弯面积不算太小的沙土冲积扇，除开一丛丛野百合外，居然有几株开着紫褐花的稀有植物。儿子大为兴奋，他说他们老师说，这种野花，叫作"布道台里藏杰克"，是县政府宣布特别保护的"有灭绝危险的品种"之一。花形的确像个老式教堂的布道台，布道台似的盾状筒形花瓣中，仿佛藏着一个小人。

"哇！"儿子说，"爸，这个千万不能让别人知道，对不对？"

儿子的"哇"一出口，我便知道，我们之间，又有了一个秘密协定了。

这么些年来，我跟儿子之间，就胶固在这些个秘密协定之中。

我们的第一个秘密协定，可有一段历史了。那时候，儿子十岁不到。现在回想起来，这个小人，处理他生命史上的第一个大危机，表现的风格，还算是有点水平的。

那一年，孩子们当中，突然疯一种玩具，人手一个灌足了水的塑料盒，成天不运动不读书，蹲在一个角落里就死命按那塑料盒上的两粒控制钮。控制钮按下去，盒子里产生一股水压，顺水漂起来一堆红红绿绿的小塑料环，目的就是要把这些彩色圈圈套进一根塑料柱上去。套完了，倒出来，再重新按钮，重新压水，重新套。就这么无聊。然而，孩子们都疯了，什么也不干，成天套个没完。

我没给儿子买这种愚蠢的玩具,却在他床底下发现了一个。

儿子起初不肯说老实话,只一味敷衍。问急了,就说是汤米送他的。我拿起电话要打,才认了账。

我开车送儿子到汤米家巷口,要他自己一个人去。我看见他小小一个人拖长长一条身影慢吞吞往树荫蔽天的长巷中一户铁门严肩的深宅大院蹭去,我看见他犹豫徘徊了半天才从草地上死劲搬来一块垫脚石踩上去按了电铃,我看见他等了足足十分钟没有人应门便舍下那个塑料玩具在邮箱里然后转身斜刺里往树丛跑去。我赶到树林里已找不到他的踪影。

那天傍晚,我在他学校附近那座小山丘背后一块巨石脚下找到了他。他脸上没有哭过的痕迹。我们订下了第一个共同遵守的协定:他答应以后不再拿汤米的玩具;我答应不把他这个秘密藏身处告诉别人。

我们找了一个破纸袋,盛了些冲积扇上的沙土,把"布道台里藏杰克"包扎起来。阳光还是一寸寸都是美好,即使是经由阔叶林层层叠叠叶片过滤成暗绿。我们躺在儿子专用的那块巨石脚下。忽然,儿子又开始问问题了,一串长长的问题:

"爸——我们是信什么的?"

"我们不信什么。"

"人家说，我们中国人是信菩萨的，我们是信菩萨的吗？"

"我们不信菩萨。"

"那我们为什么不信耶稣基督？他不是一个好人吗？同学里面很多人家里都信的。"

"他是个好人，没错，但我们也没办法信他的。"

"为什么我们没办法信他呢？"

"不为什么，因为我们从来就不信的。"

"为什么我们从来什么都不信呢？"

"……"

我看见一只遍体葡萄酒色俗名"红衣主教"的小鸟吱呀一声从绿林的一端飞进来，翅膀抖动两下，又吱呀一声箭一般穿过绿林的另一头去。

儿子也看见了。他突地翻身起立，站在我面前。

"那我们信的还是很坚定的，是不是？我们信的，不就是'什么都不信'吗？"

"也不一定，不过，你要是喜欢这么说，也不妨。"

"……"

儿子沉默下来，我立刻后悔了。我望着身旁破纸袋里的野花，我看见自己笨拙的身影塞在一个灰暗教堂的布道台里，我看见地面上生起一茎茎王紫萁新芽，芽端卷曲成拳，轻风拂过，就微微摇晃起来，竟像是无端萌生着一地乌青淡紫的问号。

注释：

王紫萁：羊齿植物之一种，属于蕨类植物门紫萁科。英文俗名 Royal Fern，一名 King's Fern，拉丁学名 Osmunda Regalis。一七五三年命名，名称来自撒克逊语，意指北欧神话中的雷神托尔（Thor）。

碾

　　我现在想记下一些，一些有关我的一个朋友的；不，我并不打算存下些什么记录，或者是回忆，或者是借此抒发郁积于胸中的不成形状的感受。我只是这样想，我现在提起了笔，坐在透明的、铺展着绿色田畴的窗前，在精神的某一点上，似乎感觉到我的朋友的微笑在向我召唤，那淡黄色的、令人无可奈何的微笑，远远地，逐渐成为一种不可抵抗的力量似的存在了，我遂提起笔，我不知道将会写下些什么，我也没有任何打算。三月的晚空很明净，没有一丝云影，没有风，没有虫吟，却有一股郁淡的气息，吸引人往高处去。绿色的田畴是沉静的，虽然滞伏在我的窗前，却像是那么辽远？那么辽远……我有了提起笔的心情，我确切地知道，我可以到达某处——也许正是我的朋友的微笑展现之地。

我的朋友是在一次车祸中丧生的。丧生于车祸，这似乎是够嘲讽的，因为他向来不喜欢一切高速度、高频率的东西。他出事的当时，我泡在一家咖啡馆里，我们经常在那儿坐一下午、一晚上，用音乐来杀无法消磨的时间、无法消磨的生命。那家咖啡馆有两层楼，楼下是高背椅的情侣座，楼上却是一批爱音乐的朋友经常聚集的地方，因此也比较清静些。我们爱泡在那儿的原因，一半是因为去惯了，一半是由于那儿的Hi-Fi设备与精选的唱片。但这些理由无非是我临时的设想，事实上，我们彼此心里有数，每一次当我踏上垫着橡胶地毯的楼梯，我的心里就有一种下沉的感觉，莫奈何的，这一切都是莫奈何的，于是我会看见他把自己深埋在沙发里，似乎极力想把自己挤进沙发的微微舒服的感觉里面去，直至自己化为乌有。于是我仍旧在他身旁的空位上坐下。

"小子，说不来的，怎么又来了？"完全是无心这样问的，只是尽量找些话搭讪罢了，而客套、寒暄一类的话又不愿意说。

"你呢，你呢，你比我来得还早，熬不住吧，没出息！"

"得了，少啰唆，点Shostakovitch如何？"

Shostakovitch是我俩都爱听的，因为他跟我们一样寂寞。

　　那天下午我一个人在听 Shostakovitch，有人来告诉我他出事的消息，地点就在附近，许多熟人都跑去了。我没有去，我不想去，Shostakovitch 还没放完，我要听完它，我要与它共在，我无力抛开它，现在只剩下我们两个人，你哭吧，Shostakovitch 为你自己哭吧，现在只剩下我分担你的寂寞了，尽情地哭吧，我一点都不想哭，我一点也不悲哀。他有一次写信给我："悲哀，悲哀并不是某件事情的结果，悲哀就是这个时代，就是每一分每一秒教你无法活下去的矛盾……"如今他的矛盾却被他所厌恶的高速度机械解除了，怪嘲讽地，怪现代味道地解除了，而我呢，我只剩下 Shostakovitch 的哭泣了，只剩下我面前的一杯茶，一杯冲了十几次白开水，淡得像白开水，淡得像生命，残留着些苦味的茶。

　　那天我一直坐到打烊，有人开始扫地才出来。我踱到出事的地点，十字路口，一个戴白帽子的警察站着，尸体已经移走了，地上的血渍由几条粉笔画的白线圈着。我不知道在那儿停留了多久，也记不清想了些什么，戴白帽的警察瞪了我几眼，但是并没有干涉我，也许他心里恼怒这年头赶热闹的太多了。我记不清想了些什么。这里是十字街头，天晚了，偶尔有辆空空的车子赶过，偶尔有两个拉

2011.10.31

着长影子的人行过，戴白帽子的警察在这儿踱方步，看夜色逐渐深去，这儿就是我的朋友画下最后一个 full stop 的地点，我们曾好几次并肩逛过这里，一面避开来往穿梭的车辆，一面讨论自杀，我们爱谈自杀，一如我们热衷于听 Shostakovitch。有一天深夜，我们绕着大街不停地来回转了半夜。

"一般人以为自杀是痛苦，所以他们以为自杀只是为解除更难忍受的痛苦而做的事，你认为怎么样，难道自杀除了这种狭窄的观念之外，就没有其他意义了吗？"

"我不知道，对我来说，自杀是一件我们自己能掌握的事情，因此我不讨厌它，我喜欢它的独立、洁净的气味。"

"但是有人，而且差不多所有的人确实是为了忍受不住生，才决心结束它的，是吗？没有人说是为了追求死的纯洁的美丽才去自杀的吧！死是值得寻思，值得追求的，是吗？想想看，倘若我把自己绝缘地封闭在我的死的神秘里，你想象得出其中的美吗？死是一种创造，你说是不是？为什么一般人那么嫌恶死呢，他们太迁就，太缺乏认识，他们对自己的创造力没有信心，他们只是本能地拖延自己乏味的生命，像竖在那儿的电线杆一样，固执地保卫自己无聊而又肮脏的生活。"

"但是生也是需要勇气的呀！"我感觉自己的脚被他拉住了似的走不快。

"算了吧！那种勇气太缺乏创造性，假若一条狗要跳过一道墙去向一条母狗求欢，不也需要勇气吗？"

"不错，但你以为这就是一件卑鄙的事吗？"

"什么卑鄙不卑鄙，我只是觉得缺乏创造性，缺乏美罢了！"

我看见他的嘴角在街灯下泛着微笑，淡黄色的、遥远的微笑，我感觉在我身边走着的他在向着远处飘去，如一阵风似的飘去，而我们的脚步声仍然回响在夜深的、冷冷的街头……

现在我却有这样的想法，倘若当时我能够稍微不那么为他吸引就好了，也许我现在就不至于觉得他的死里面有什么东西是破碎了，玷污了。也许我也就不会痴立在白粉线圈绕着的血渍前那么久，那么痛苦，也许我会很坦然地相信，这就是这么回事；你生下来，你长大，你开始思索，幻想，为自己生些苦恼，你烦闷、忧郁，然后你变得迟钝，然后你画一个大 full stop。这一切都是极自然、极平顺的，像一棵树一样。我是希望我这么相信的。倘若我当时不那么为他所吸引就好了。那么我将会嘲弄他说：

"你只是为自己寻个借口罢了，你不过是幻想自己可以变得美丽罢了。假使死是可以创造、经营得那么美,为什么生不可以?我现在坦白告诉你,因为你不敢正视生命,因为你能够想象生的未来,你的想象却达不到死的背后,你厌恶你的生,因为你厌恶你的想象。"

但是当时我既没有这么说,也没这么想,我却感觉他像一阵风似的从我身边飘去,我只感觉他的微笑像雾中飞升的灯火般,我了解有什么东西正在死去,有什么东西正在生长——我所不知的、无法触及的东西。我也了解我当时为什么没这么说,我岂不是说"生也是需要勇气的"吗?但是我自知这话并不是我真正的思想,我只是顺着他的思想找些反击的话罢了。我为什么想找些反击的话头呢?为什么我被他的话语吸引,却觉得不快呢?是由于我缺少那种微笑吗?然则,我此刻立着,痛苦着,竟不是因为白粉圈着的血渍里有什么被破碎、被玷污的东西吧!或许是那种引起人无可奈何的心情的、淡黄色的微笑吧,那雾中的飞升的灯火般无法企及的没有形状的东西吧!

夜已渐深,街面上已笼上一层薄雾,街旁的电线杆互相拉着黑色、纤细的手臂向远方伸展。我竖起了衣领,手插在裤袋里,向灯光暗淡处走去,心中开始平静下来。晚风陡地自身后卷来,淡淡的沙尘角逐似的翻滚着飘起,一张半揭的招贴尚黏附在墙壁上噼啪作响。有什么东西突然在我心中一亮，我忽然想道：我的朋友也许正是这样竖着衣领，双手插在袋中，走过那个十字街头，也许他的心中正在念着咖啡馆中淡得像白开水，略带苦味的茶汁，也许他想起了Shostakovitch哭泣般的旋律，他的头开始低下来，他会看见疾驰身旁、挟着风尘遽逝的车轮。滚动的、高速度的、旋转着的车轮碾在路面上发出吱吱的响声，他会想起许许多多的琐事；他喜欢的、梦想的，以及厌恶的、逃避的，他隐约记起自己是怎么活过，手插在裤袋里，他觉得这一切没有什么分别，他觉得滚动的车轮是美的、独立的、洁净的，不为什么地滚着，他觉得死是美的，绝缘地死在自己心中，创造自己的死，他感觉这世界是可爱的，但不值得留恋，他已经活在他自己的死中，这世界是可爱的，积木似的建筑是可爱的，周遭的人群是可爱的，因为，因为他们不知道他将死，死得那么美。于是他突然狂奔，以一种无所为而为的热忱，以一种牺牲的冷静奔向滚动着的碾着青黑色的沥青路面的车轮下。他的嘴角正绽放一朵微笑，像雾中飞升的灯火般展现……

死是值得寻思的。我在寂静的街心停住，微湿的空气沾濡在我的面颊上有些冷凉，路灯独自燃着白色的生命。死是值得寻思的，而夜已深沉，风将起，远处有凄切的狗吠，我踯躅着，踯躅着，走向哪里去？

红土印象

01

我们站在一块长方形的土堆上。一共五个人。这里仿佛是一座废弃了的升旗台,人工草皮还没合缝,旗杆已经拔去移往别处了。天色昏黄,大团飞沙阵阵卷过。五个人都竖起了外衣领子。背着风向,两腿夹着随身的手提行李,我转过头划了根火柴将烟点燃。风里抽烟,烟烧得很快,风沙过时,击打着小腿,带来一阵阵轻微的麻痒。远处的大路上,尘头卷起,驰来一辆"四分之三"中型吉普,草绿色的帆布车篷上盖了一层灰土,我把烟蒂弹出去,将行李向后车厢内抛去。小陈仍缩着脖子,企立在土堆上,两手插在裤袋里。

——弹子房见!

"四分之三"搅起大量尘沙向前滚动,仍掩不住这段起伏的丘陵,从薄暮中,透出一脉暗红的土色来。

02

连长是四十左近面色黝黑的南方人。讲话偶尔有点口吃。这使我想起曾经夸过我有些"慧根"的罗夫子。虽然是南辕北辙的两个人,却在印象的某一点上吻合了。从大学一年级开始,便因为听说罗夫子的厕所里都堆满了书,而立刻生出了想去看一看夫子的厕所的心。这在大二时选读了夫子的"康德哲学"以后,便如了愿。

"年轻……人!"这便是夫子的口头禅。稍稍带些敌意。然而他的"口吃"却变成无形的缓冲地带,散发某种超乎"代沟"的温暖。入伍的前一天晚上,小陈异常不安。我提议去打弹子,他说:"去!"当然,意思是说:"没意思。"我提议去"BB"找秀凤帮他打手枪,他也说:"去!"结果我们去找罗夫子。

丘陵地的山风,到晚上便刺骨般削利。新换的黑胶鞋,得走上一段路,才能发挥保暖作用。坐在这小山东馆里不到半个钟头,便又情不自禁地跺着脚了。连长从热气腾腾撒满了香菜碎叶的粗瓷盆里挑了一大块香肉:

——这……东西……多吃两块……晚上……包你少盖

两床……军毯……

——就怕年纪轻的人,撑不住,走火。

指导员说。大伙便哄然大笑起来。跟我合住一间官长室的王排长,是个长挑身材的山东汉子。

"有意思,"他说,"我看这新来的七号还真有那么点儿架子。八成是喜欢小白脸。这礼拜天,我买她的票,怎么样,干事?干不干得了?"

福寿酒搅得我一肚子乱糟糟的,头部肿胀,我大口往嘴里送菜,遮掩自己的窘状,一面暗自努力镇压翻腾的胃囊。

熄灯号从司令部的方向传过来,仿佛来自另一个世界。这是我下部队的第一天。"小便帽"内缘还剩下三百个待划去的馒头。是十一月中旬,我躺在三床军毯里缩成一条毛虫的形状。风扫过营房外的大片相思林,敲击在铝合金的窗格上,吱吱作响。连长悄没声儿地踱进来,坐在对面的床沿上,王排长掀起半身对他说:

"明天团朝会,干事新到差,又有点不胜酒力,我看免了吧,嘿嘿!"

连长笑笑,关照了一下巡哨的口令,又踱了出去。

风整夜地刮着,我感觉自己睡在接近机器房的三等船舱里,航行在陌生的水域。暗夜中,我的眼皮逐渐沉重,隐约听见对床喃喃的梦呓。风刮着，我的眼前，忽然出现大队灰绿制服的影子，在晨曦中奔跑，原野是一片荒莽，红色的尘土漫天飞扬，只有坟丘似的司令台上，船桅似的旗杆直刺天空。人丛中忽地穿出一个身披彩带的年轻军官，恍惚知道自己在干什么似的，以一匹健马的姿态，双蹄翻飞，不一会儿便窜到了司令台前，他的马靴唰的一声并拢。

一个臃肿的军官踱上司令台，缓缓摘下帽子，露出一头银发，他张开嘴，声音似乎隔了很久才传到我的耳边，是略带口吃的教训：

——年轻……人……搞学问……不踏实……题目……搞得……太……大……了……

年轻的军官忽地把彩带一抛，一百八十度转过身来，笔直地举起他捏拳的右手，领导呼口号。

——我们要追求真理！

却是小陈的涨得通红的脸。

——真理……是细致……的……累积……

——万岁！万岁！

千万只手臂高举在晨光中，震天的喊声随之而起。

——万岁！万岁！

我的手忽地从空中急急收回。我的眼前升起一股白色的喷泉,四散奔流,将这片干燥的原野迷糊了去。

03

手里抱着铝皮脸盆、绿塑料肥皂盒和一条因水渍变黄的毛巾,我们走出城外,跨过铁道,蹚过一大片没有水的稻田——龟裂的田土和稻禾的残梗绊着我们的脚。靠着手电筒的光圈,前后闪动,我们摸索上山。

"听说台北的澡堂子可以叫女人。"王排长说,因为爬山而有些气喘,"如果是真的,叫我每天翻这些鸟山坡都干!"

我们爬完了第一座山坡,开始走在茶林里,灌木丛似的茶树在黑暗中不时钩刮我们的裤腿。王排长走在前面,不时把电筒打到后面来。他走得很快,偶然射到后面来的电光柱,保持我的视觉凝注在他快速划动的两条长腿上。这是两条生长在山东丘陵地带的长腿,爬过了三十六个岁月单元的长腿。在山下的公共浴室里,他指着他右大腿上一块乌黑发亮的疤说:

——不是枪眼,离家前夜,我女人从这儿咬去一块肉。

茶园的尽头是另一段山路的开始。黑暗中,可以听见山顶上传来的微弱噪音。星期天,部队的活动完全是一片打散的人群。只有军号声，传来群居的团体的印象。王排长解下他的水壶，我们依地势坐在一段尤加利树根上，将他水壶中的五加皮喝光。猎户座四仰八叉地横卧天际，我的尿囊很胀，不想起来。

我们蹑足走近那一座土墙。约莫一个半人高的地方有一扇杂木板钉成的窗子。窗隙里漏出灯光来。我骑在王排长的肩上。他的两腿很有几斤力气，他摆开马步，摇动一下，他把马步拉开一点，然后站稳。我从上衣口袋里摸出近视眼镜戴上。我看见一扇三夹板的拉门，上面挂了几件碎花旗袍。我看见一架梳妆台，旁边是一幅墙历，拉开了嘴笑的凌波穿着泳装站在整齐罗列的数字上头。

"该我了，该我了。"王排长不耐烦地说，声音倒压得很低。

我可以看见床沿和一半拖在地上的棉被。顶着杂木窗板的鼻端感觉到床板的震动，粗重的喘息声让我的手发颤，我用力攀高身体，终于看见那女人涂着蔻丹的脚，忽然那只脚缩了回去，接着窗板上面有人猛力一击，我的鼻子酸得几乎掉出眼泪来。

我们向黑暗中没命地跑去。隐约听见后面狗吠的声音。好一段路之后，王排长才打亮他的手电筒。

——叫你别靠得太近。他说。

山顶上传来大批脚步擂动地面的声音。晚点名的号音听起来像鬼哭。

——下礼拜发了饷，准来捅她一下。

04

罗夫子的厕所仍然是日式构造的那一种，就是可以听见落体击打在化粪池上面的叮咚之音的那一种。格局倒是宽敞，古旧的桧木地板踏着也很舒服。而且，确实摆了一部牛津大学版的哲学辞典。是一九三四年的版本，雅致的装订术已透出三十年代上国衣冠文物的庄重。我顺手翻到"K"部，便看见了康德的墓志铭上的诔文：

——*在我之上，睡着永恒不变的星空*——

这样的诔文，确实让人忘记阴冷的墓穴中永恒不变的岁月。

"灰沙的经验……是好……的……"先生说。

我们在玄关下面解开军用皮鞋的带子。我的眼光不期然遇见先生没有蔻丹的脚指头，露在拖鞋的破洞外面。

"你们……看起来……茁壮……了……"

师母端来一碟小芝麻饼，入嘴便极松脆，再用茶水冲下喉咙去。忽然回到这样细致的生活方式里，我觉得有难以放肆的尴尬。打量四壁，依然是黄宾虹的秋山图·书·

吴昌硕的紫藤·书·钱南园的条幅·书,这样构置成功的夫子八叠书屋的晕黄世界。我于是有些胆怯。终于还是小陈发难。

"想请先生体尝一下我们新发掘的感官世界。"

"呵!"先生说。

"是我们从三个月的军饷里积蓄起来的一点诚心。"

"是……必要……的……吗?"先生的话里带着疑惑的余味。

"对先生,不知道,对我们来讲,好像是的。"

"呵!"先生说。

"因为感觉到依赖先生而营造的内心世界,有崩溃的危机。"

然后有很久的沉默。

"具体地说吧。"先生似乎略微感到了挑战,口吃的习惯也忘了。

"是性爱中的生殖器摩擦着沙石的感觉。"

终于把研究了很久而背诵下来的句子一口气说完。

"呵!呵!"先生的笑声是爽朗的。眼光不自觉地朝书房外扫了一瞬。"灰沙的……经验……是……好的……"又口吃了起来,"改天……吧。"

在玄关告辞的时候,仍然看见先生裸露在拖鞋外面没有蔻丹的脚趾。

05

与小陈在团部福利社的弹子房消磨着星期天下午的时候，连部的传令兵行色匆匆地来找我。说是指导员有急事相商。我付了账，回到连部。指导员递给我一份报告。连长坐在一旁吸烟。

"是团部政战官的特别交情，压下来叫我们自己处理掉。"

这是一份手写的检举书。从字体的稚拙、语意的含混，以及不谙程序的越级报告，可以判定是小学程度的充员士兵的作为。本来没有具名的检举，是可以不必受理的。但是却因为指出了连部长官的真名实姓，而由团部裁决成这样一种处理的方式。用意大概一方面是弥盖，一方面是警惕我们防范意外的暴乱事件。

检举的内容倒很简单——长官滥用私刑。但被检举的是与我同房的王排长，使得这件任务交到了我的手上。虽然觉得暗中刺探同房朋友的处境而不快，却不得不承受了下来。

全连出野外的次日，我留在营房里工作。很快就在王排长辖下第六班的一个士兵的笔记本里对上了笔迹。是一个来自宜兰的业渔的充员兵。我没有惊动他，却叫了他的班长来问话。下面就是他答话的重点记录：

——排长是真爱"修理"的人，分到这一排的是中头奖的啦！不过我们做兵的人，吃惯风雨，不是种田就是打鱼的，给他修理修理也没什么关系的。

——愤恨是免不了的啦！过一阵就好了。排长的心情是不好捉摸的，修理过就被警告，谁要去告发就枪毙，大概也是吓人的话，没人真想去告发他。排长也是苦命的人嘛，我们还有回家的日子哪！

——平常都是用枪托打屁股，有时要脱裤子的。排长说比他做兵的时候，已经是优待啦！武男这一回是比较恶意的。全排带到第二靶场的靶沟里去"修理"的。

——排长是发很大的怒气的，这一次是很大的怒气。全排被罚从一千五百公尺的射击位置匍匐前进到靶位，手脚膝盖全破啦！然后下靶沟才把武男叫到中间，其他人都跪在旁边，以为排长要枪毙啦！真紧张，嘿嘿！排长叫武男把裤子脱掉，以为又是打屁股，才放心啦！结果强逼武男"打手枪"。

——不知道武男为什么去告发，平常大家都"打手枪"的，特别是有老婆的。熄灯前到井边洗澡的时候顺便啦，有的夜半上厕所里。

——据我所知，没有听人笑话过他，不知他为什么去告发。

蔡武男是役龄两年的充员。查看他的数据，除了打靶成绩超出一般水平，或许因为是捕鲸水手之故，倒别无其他特殊之处。他的班长的考评则认为他喜欢独自一人喝酒，也是水手的习性吧。这次的私刑事件，原是连长与指导员示意的，至于用了手淫的方式，则是意外。事情的起因是蔡武男的不假外出，擅自离营。事先他曾向指导员申请三天事假，理由是"返乡料理家务"。问他是什么紧要家务，则坚不吐露。指导员推给连长，连长推回到王排长，结果大概是没有批准。第二天便不见了，连长压着没报，正是基地整训期间，怕影响了积分。三天后他倒是自动回来报到了。但是，为什么王排长竟采取那样的处罚方式呢？为什么蔡武男竟没有甘心接受处罚呢？指导员还着实训了他一顿，说是如果连上报了逃亡的话，必是要送军法的。

从蔡武男的答话里，我似乎找到了部分答案。

"排长不讲信用的。"他说，"他说如果我说出是什么紧要事，他就批准假期。我把女人的信给他看啦，从娼寮写来的，趁我不在，我老头跟她养父合议卖她去抵赌债了。排长说说出理由就准的……"

06

凤山的入伍训练基地上，随处蔓生着有刺的含羞草。在基本操练的休息期间，我们常用刺刀掘它们的根来嚼，才发现往往露出地面五六寸的枝叶，要掘起它，竟得掀起一大片泥土。现在驻扎着的杨梅高山顶，却始终没发现它们的踪迹，有的只是一山红壤。冬天淫雨季节，营房周围的卡车路面，经常是泥浆一片，车轮压下两条深沟，部队行进便自然整齐地矮了一截。雨住之后，工兵营派车到山脚下的河床里去挖来大量卵石填塞，没两天雨来了，便又被泥浆淹没，依然是三条平行的红土丘。夏天整片山岗干燥得像一大块火烧砖。发下来不到一个礼拜的白毛巾，因为山上水质的关系，一律成为土红色。红土曝晒久了，用手一搓便成了粉末，风每天将浮面的尘土吹扬起来，这一片山岗便不时笼罩在红雾之中，金属的没有烟囱的屋顶，飘展在半空的旗，炎阳下晒得发软的人群，人群践踏不到的荒草，无处不黏附着这些荒漠的发红的微粒。

却是在第二靶场的后山坡上，是个经常背风的所在，满地里怒生着长叶的芦苇。那里是杨梅镇公立的乱葬岗，王排长的潦草的墓地，便在那片芦苇丛中了。这是他遗嘱选定的地方，我倒是找了些含羞草的种子撒在那一丘馒头似的坟地上，却一直不见它们生长出来。

　　王排长的死，是我们要防备而终于没能防备到的暴乱事件的结果。蔡武男的告密揭发之后，我们错误地将注意力放在含着怨愤的这个有着巨大手掌的打鱼人身上，却不料一向爽朗的这条山东汉子，反而成为暴乱事件的主角。

　　记得在调查期间，王排长半牢骚地骂过："奶奶的，当了婊子也值得大惊小怪么！没这些婊子，俺上哪儿找老婆去！"我当时虽然也将这些牢骚话列入了记录，还颇自嘲了这种学校里养成的事无大小必入笔记的习惯呢，却没想到这句话关涉到的并不只是一个蔡武男而已。直到我看到王排长的尸体的时候，才把这些似乎无关联的线索拉到一块。

　　他是用自己的卡宾枪自杀的。子弹从下颚底下喉结上部射入，贯穿了头部，在后脑勺的部位开了花。虽然是这样彻底的一枪，却没有造成很难看的死相，流出来的血，大抵是立刻被柔软的床垫吸收了去，与其说是痛快的山东味的死，毋宁说是很清洁的、令人嗅着医院里洗得变态地发白那样的床单般的死吧，只是差不多是半裸体的那个被大家熟称为七号的军妓，却软瘫在屋角。"宪兵"冲进去之后，立刻变成歇斯底里了。

　　当时的情况非常混乱。据目击者的报告，枪响之后，整个"乐园"里没有人敢走动一步,只有售票处的收音机里显得特别高音的《午夜香吻》一股劲儿地播放。然后是七号房里传出来的临死的王排长的呻吟,这声音只延续了一会儿,然后是女人的凄厉而尖锐的惨号。所有的人竟惶恐地夺门逃出去。"宪兵"开到之后,立刻驱散了几个在门口躲闪的新闻记者,立刻在门口架起了机枪。然而,只有一声声断断续续的女人的哭泣传出来。

我到现在仍然想不起来,前一天晚上的王排长,有什么异样。他每天睡前总习惯性地擦他的枪。那晚上,也一样。

07

七号军妓郑彩女的供词——

"我对待每个客人,都一样。不能得罪谁,也不讨好谁。反正每隔六个月,就要换地方做。新到的地方,生意总是好,做久了,生意不但不好,还有烦恼。这次我真是悔恨没有早一个月走,澎湖的老板已经讲好了。假使那时走了,就没有这件事。我真悔恨。

"他是每次买我票的,还有几个这种客人,但是他最特别,每次都买双倍的。开始每次他来的时候,过二十分钟,我叫他走,他就再拿出一张票来,我只好出去换牌子。以后习惯了，一开始他就把两张票交给我。他是真好的人，从来没有让我丢脸，她们都说他是我的相好，只有我自己明白，他只是来谈谈话。他是有病的，每次来也叫我睡，抱在一起在床上滚。第一次来，我不知道，以为他也是那种故意找麻烦的。结果知道他真的不行，就很怕他来。他有一阵没来，我怕人嘲笑，叫人去找他，以后他对我更好，他说他相信我，要我做他的朋友，把积蓄四千元钱都给我保存。他说如果我要买什么东西，可以尽管用。但我知道他准备用这笔钱在花莲买地的。他四十五岁退休，还有八九年。他说退伍金可以拿几千元钱，八九年可以再存一点。他前年驻在花莲，看中了离海不远一块山地。他说那地方像他小时候的村子。他家里原是种梨的，他说现在花莲也有很多人种梨。他说那地真好，台风吹不到。翻一座山就到海边。夏天可以下海去捞虱目鱼苗。他说他驻在花莲的时候，礼拜天就下海去帮人捞虱目鱼苗。他们总是请他回去喝酒。他说他喜欢花莲人。先生，你知道吗？我就是花莲人呀，我还要做几年才能还清家里的债呀，我还要为我的小妹想呀。我是苦命的人，不能让小妹吃一样的苦，她才十三岁。我怎样能够答应嫁给他？……"

我们用了她交出来的那四千元钱，买了一副棺木，和第二靶场后山坡的坟地。听人说,那一向很红的七号,不久就离开到澎湖去了。她大概也不得不走,因为流传她命里是克夫的,再没人买她的票了。连长不久也调了职,到团部去做参谋之类的闲差事了。指导员被记了过,一直郁郁不乐,连后来的报告,都全是我做的。

有两三个月的时间,每次在弹子房,小陈总不免要谈这件事。他老说他多遗憾,没看过七号是怎么样的长相。我的印象可能也不准。只记得她很黑,头发很长,用发亮的发夹把头发全固定到一边去的那种。

08

我们买了两瓶好酒,和一卷快速度的胶片。罗夫子说这酒不错,很像他家乡的名产"竹叶青"。我们在土城的一家旅馆过夜。夫子很喜欢这里的一道拱形桥。虽然是座水泥桥,那造型是不错的。那桥确实拱得有些过分。然而夫子说,就是要这个味道。我们就在二楼临河的一面开了房间。

快到十一点,月亮才爬到桥上,是一饼橘红的月亮,然而爬得很慢,午夜以后仍在桥上面的天空里发呆。小陈坚持要拍下那月亮来,他要夫子坐在窗边的榻榻米上做,当作前景。叫来的女人起初不肯,出了双倍的钱,才勉强就范。

夫子的裸体是在老年人中也少见的丑陋。然而皮肤却很细白,除了一些老人斑之外,差不多没有一根寒毛,或许是已经完全褪落了也不一定。

我们睡到很晚才醒来。是夏天,那房间虽然临河,还是像蒸笼一般。四个人的身体上都是汗渍,身体压着的草席已经湿了一大片。然而我们睡得真死,那么骚扰人的蚊子也不觉得。只记得醒来睁开眼,看见那女人雪白的胸脯上,有几粒米样大小的蚊尸,混在凝固的血迹里面,已经干硬得用指甲轻轻一拨就掉了。

一九七〇年,柏克利

鱼缸里的蜻蜓

靠窗一面的玻璃锈满青苔,像一张绿色的大幕,大幕前布置着山石。鱼从山石后面游出来寻食。橘红的鱼、蔚蓝的鱼、柠檬黄的鱼。

"也许——你说的也有道理。也许我们应该结婚。"他说。

我们听着第一乐章。第几遍了?记不清楚了。从进他房间开始,一直重复听第一乐章。法兰克像鬼魂,布满空间。

"可是——"他又说。我知道我们又得重新开始。

阳光照射在窗玻璃上。十一月的阳光,只有亮度,没有热力。玻璃窗外,树叶大半脱落的枝丫,无声摇曳。

"其实——你不说我也明白,你们早就该离婚。"我说。

法兰克的鬼魂,液体一样,从耳朵流入,注满体腔。他的身形,在我眼里,变成灰色的团块;我的身形,在他眼里,相信也一样。

橘红的鱼、蔚蓝的鱼、柠檬黄的鱼,在山石前后争逐。生满青苔的玻璃缸,像一张不能移动的大幕,隔断阳光,把世界拦在外面。

一只灰蜻蜓,突然从仅开一缝的窗下飞进来。也许为水味所吸引,在开了盖的水族箱里下蛋。尾巴大弧度地弯曲,点到水面的时候,鱼们惊恐躲闪隐藏。

他说的"我们",是他和他的老情人。我说的"你们",是他和他的妻子。

也不知是第几次跟我谈他的婚事,每次来,就要听法兰克,仿佛这样才能解决问题。

"你有没有认真研究一下?法兰克写这首的时候,什么背景?"我问。

我确实想帮助他,就像我想帮助自己一样。

"这有什么相干?"

"怎么不相干?你不觉得给法兰克魔住了?"

"管他什么背景,反——正——"

他拖长语气,其实是想找个听起来不被怀疑的理由。他在躲避。

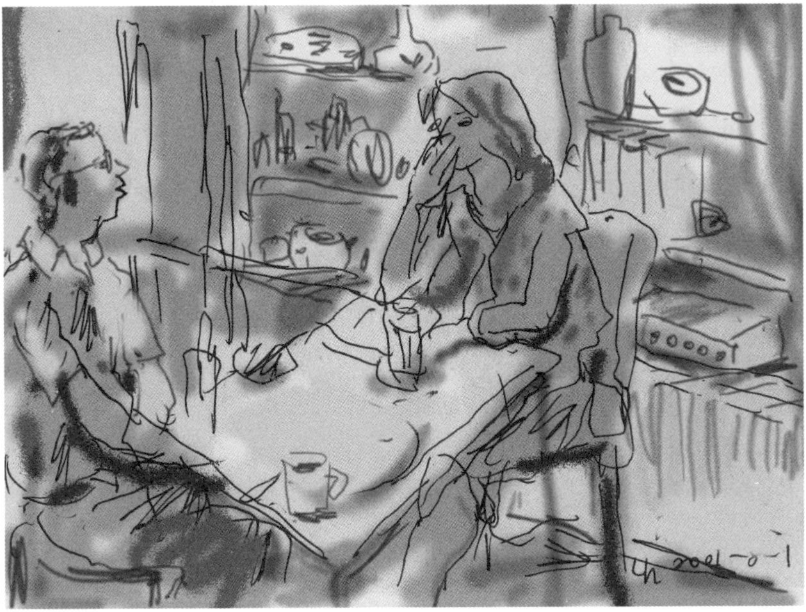

蜻蜓飞离水面，冲着光，在玻璃窗上翻跌碰撞，发出不规律的敲打声。

"有时我想，什么都算了，干脆，一走了之……"乐曲进入第二乐章，我高兴他不再重复第一乐章。

我望着他一屋子的书架，二十年的收藏。还有书架与书架之间，红木格子里的瓷器、水晶、玉雕、砚台和矿石标本……我摇摇头。不论是什么，一旦累积了二十年，大概都很难动弹了。书画、古玩、事业、婚姻，都一样。

"我有时想，最好来他一场灾难，好像地震，或者突然失业什么的，一切摧毁，再从头开始……"我知道他一定永远重复下去。

我知道，今天下午，也将同以往每一次一样，就快不了了之了。我突然想到，下次他打电话要我听法兰克的话，该不该来？

或者还是会来的。这个下午，仔细算算，在两个相交二十年的老朋友之间，在两个行将五十岁而在生活、工作、婚姻、家庭无论哪一方面都被人看成不应该有什么大遗憾的教书匠之间，这样的一个下午，毕竟是难得的美事。

于是，也许是因此一悟，法兰克 E 小调小提琴奏鸣曲，这首被他无端灌输了十几次的乐曲，第一次，在我心中，拨动了一些什么，一些年轻的早已失去的什么。

于是，就因为有此一悟，我的听觉、我的望着一片空茫的眼睛、我的多年来被什么不相干的事物占满的头脑，开始跟随法兰克幽魂一样泣诉的旋律，飘向窗外。窗外埋伏着一个十分可怕的力量，视而不见，听而不闻，然而，击打着，以无上的恐怖，一下子，把我的一生消灭成泡影。

乐曲终止时，我将我的尸首从窗外收回。同我的老朋友的摆在一起。

灰蜻蜓失去了平衡，背贴着水面，挣扎着。橘红的鱼、蔚蓝的鱼、柠檬黄的鱼，一尾接一尾，从山石后面冲出来，奔向水面，用它们生满锯齿的嘴，撕咬着它的尾它的翅，它的头和它的下完了蛋的身体。

无色的水中，或者有不少粒肉眼看不见的受精卵，兴致勃勃地漂向一个新的生命循环。

蟹爪莲

窗台上搁着一个黄泥瓦钵,瓦钵里,一株生物,了无生气地活着。若干年前,他的座位,从大统间调进这个独享两扇玻璃窗的办公室,妻从建国南路花市,带来了这份贺礼。

瓦钵普普通通,没什么造型可言,初看还可以看到它的实用价值,因为底盘宽,开口大,给人稳重可靠的印象,日子久了,便视而不见,甚至连点缀的意味也都丧失,只日日坐在那里,可有可无。瓦钵虽无生命,也在时间里煎熬着。盐分和其他矿物质的沉淀,日积月累,渗出钵外,搅和成一种混浊的颜色,介乎惨白与蜡黄之间。钵里的土壤,因为久未换盆,早已结成根土纠缠不清的一团硬块。

就从这团硬块里,就在这邋遢瓦钵的中央,一株蟹爪莲，四面八方伸出茎叶不分的手。向窗台周围小小空间伸出的手，不下四十只，仿佛停留在永恒抓取而终无所获的姿态里。

他的办公室，就在白天，也灯火通明，且经常弥漫烟雾。虽无真的火药味，但厮杀呐喊、生命终结的倒地声音，在偶尔也有的沉寂时刻，仿佛可以听见，像远方的雷，午夜的钟。

窗外的天光和室内的人造光，无心喂养着他身后的蟹爪莲。维系着永恒搜索而无所收获的风姿，这污秽的钵与粗劣的土中活着的卑微顽强的生命里，竟似有千手观音的精魂悄悄潜入。安分守己地活着，在干旱的日子里，它让它一部分的手，从低垂的指尖向上，一节节枯萎脱落，整个身体也静静地收缩；偶尔获得一次茶水的恩赐，便立即恢复丰腴的姿色，手的末端，又一节节重生，甚至发出绿油油的光泽。

打完这天的最后一个电话，他按铃把门外等着回家的女秘书叫进来，让她给他倒满一杯XO，让她把办公室的灯全部关熄，让她回身把门带上。他听见她的高跟鞋底一路敲响，消失在电梯口。他知道，不久，整栋大楼，可能只留下他一个人。他同时知道，她明天上班就要换个主人，董事会的重要决定，明天就将下达，他最后押下的赌本，不但没能挽救他，反而加速了他的灭亡。他像空酒瓶一样坐在黑色的皮圈椅里自转，一场恶战已经结束，如今，中弹倒地的呻吟，不在远处，就在眼前。

自转停止时，他发现自己面对踩下了多少人方才换得的他的两面玻璃窗。

窗下一片黑。他想象着阴暗潮湿的大楼墙脚一具四分五裂的尸体。他没有战栗。他看见窗外更广阔的台北市华丽欺诈的夜景。他望着窗玻璃的开关，用臀部控制皮圈椅，脚点地，连人带椅，滑向那个开关。然后，随着距离的改变，他眼睛的焦点改变，黑暗不见了，灯火辉煌不见了，却在窗玻璃的反照中，看见了妻子的脸。

蟹爪莲向阳那一面，有几只手臂的尾端，不知什么时候开始，吐出了玉色蓓蕾。一朵早开的花，露出血蚶肉色的蕊，仿佛从窗外向里张望，恰好迎上他疲倦的脸。

电梯里的清洁工看见他的时候，有点诧异。虽然还是西装革履，还是不苟言笑，但手上不见了那只真皮黑亮公文包，却搂着一盆乌糟邋遢的黄泥瓦钵，瓦钵里伸出一堆绿色的小手，在电梯的迅速下降中，微微晃动。

惊春二题

毋忘我

上海的表弟来信了。信到时，他正在前院花床里翻土、撒种。

"今年别撒毋忘我了！"

妻说，一面拆信，一面在草坪上就近坐下。

"……开完花就乱结子，风一吹，到处飞，草坪都给弄杂了。拔起来真烦人！"

妻埋怨的还是去年秋天的事。去年的春耕做得太晚，到那些一年生草花结子时，已近夏末。毋忘我算是手脚快的了，几天工夫没理，日头一晒，种子囊都乘风爆裂，四处飞散，在草坪上见缝就钻。不到初秋，竟满院子随处滋生了新芽，叶片比春天特意保护的秧苗加倍肥壮，根扎得也深，仿佛预感到秋凉的杀气，要在霜降以前抢着完成生命的循环似的，然而，终究还是春播过迟，这第二轮的生机，就算是那些侥幸逃过拔除命运的，也都未及开花，便凋萎了。

"播还是不播？"他心里兀自嘀咕着。他知道妻心里不乐意的，其实不是毋忘我的顽强，她恐怕是讨厌他偏爱的那个品种，花开起来，特别的蓝，和花床里的其他颜色，有点犯冲。

表弟的信递过来时，他正两手两脚趴在地上捡碎石。他首先注意到信封四周居然有道黑边，他站起身，在裤腿上拍了拍手。低头时，无意间接触了妻的眼光。

"怎么回事？"他问。

"你自己看吧。"说完，她两手枕在脑后躺下，望着天空出神。

表弟的信不长，而且一反常态，事情交代得很简洁，首尾照例宣扬政策的那些门面话，这次竟省略了。

父亲前天心脏病复发，进了医院。院方诊断，认为左心房血管阻塞，决定立即开刀。手术做完后，主治大夫表示情况趋于稳定。不料昨夜忽然逆转，多方抢救无效，终于今晨零时十六分离开了我们。

父亲住院期间，一度恢复神志，念念不忘远在异乡的姨妈。弥留前,还叫过她老人家的小名。这个消息,本当由我这个晚辈通知,只是关山阻隔,邮电不通,恐怕得由你们转告了……

他在妻身旁躺下去的时候,她说:"你打算怎么办?"

上方的空间里,在不到十英尺的高度,一只拳头大小的知更鸟,无声飞了过去。嘴上衔着一根枯草,坠在肚子底下,像拖着长长的一条尾巴。他眼光追随这条尾巴,在屋子犄角处修剪成宝塔形的铁杉树丛里,发现了它造窝的所在。

表弟不知道的是,他和他二十年前离婚改嫁的母亲之间,已经二十年不通音讯。

"好歹还是通知一下吧?"妻的口气,有点不像询问,"听说她现在住台南。"

他的眼光,在更高更深的天空里无目的地搜索。

"你看看你!"他听见妈妈佯装责备却掩不住欢喜的声音,"几张船票就拿了整整一天!"他听见他舅舅以仿佛抱怨仿佛撒娇的口气说:"姊,你坐屋子里,不知道外面有多乱。都戒严了,街上还有人喊打喊杀。我这一身泥水,你看,差点给'宪兵'当成学生抓了去了。"他看见他自己坐在堂屋里的八仙桌旁,脚够不着地。地上流着污水。舅舅身上兀自滴落污水,一路滴进洗澡房去了。他听见妈妈对爸爸说:"不大不小,留他在这里,怎么行?"然后,他耳朵里便只剩下断断续续永无休止的一种声音。他听不见他母亲的哭泣,他听见的只是她因为哭泣而耗光了氧气的肺囊往里猛然吸气的节奏。

这个奇怪的节奏现在唤醒他,仿佛从清澈而不见底的深蓝色的青空降落下来,在他感觉有点虚浮的眼睑上,几乎敲出了夜鼓般的咚咚回响。

他继续躺在草坪上,眼光逐渐回收。然后,每隔几分钟,那一只拳头大小的知更鸟,便从他上方十英尺左右的高度无声飞过去,嘴里总衔着一根枯草。嘴里没有枯草的知更鸟,他一次也没看见。他眼光所及的范围里,恰好是它一半的轨迹。"那么——"他心里不觉动了一下。"母亲这二十年的生活,不也是在他眼光所及的范围以外吗?"他忽然觉得,二十年的孤傲自持,像一堆摇摇欲坠的积木,就将轰然坍塌在面前。

他将他的决定告知妻子的顷刻,同时意识到,他这个听来宽容的决定,其实并不完全是自己的解脱,而毋宁是更深的畏惧。

他趁妻走开去寻水管的时候,把揣在口袋里的毋忘我种子悄悄撒进地里。装种子的纸袋上面,有毋忘我开花的图片。那刺目的蓝色,同天空的色调相去不远,只是不怎么透。然而，定睛细看，却又大不相同。那蓝色有点像酒精燃烧的火焰，但丝毫不露红彩，也毫无热气。他感觉自己的眼光被一股力量牵引着、牵引着，风筝一样升在半空。他看见自己的身体躺在下面的草坪上，好像月光底下的一具尸体，四围有星星点点的荧荧鬼火，摇摇晃晃浮动起来。没多久，他的宽大的草坪上，无处不沾满一朵朵飘飘忽忽的蓝色磷火。

他听见妻在屋背后什么地方喊着，声音很遥远："不用浇水了，就下雨了……"

光线确实已经暗了下来。方才的晴空，早不知去了哪里。

蒲公英

他找来一个皮鞋盒，盒底垫上绒线，把小黄放进里面。这鞋盒是去年冬天妻买雪靴时带回来的，原比一般的盒子大上一圈。小黄本就瘦小，就是垫上一层绒线，盒子里还是显得空荡荡的。

"采些野花填上吧！"他自言自语，不料儿子认真起来，还坚持自己动手。他们只好开车到邻近的小学校去，那边的足球场，因为没洒农药，入春以来，开满了一地的蒲公英。

他和妻坐在驾驶盘后面,隔着玻璃,看儿子推着手推车,在礼拜天上午空无一人的大片草地上,收集那种扎眼的小黄花。

"太过分了,"妻抱怨说,"一只死猫,这么兴师动众!"

他没有搭腔,也不觉得自己多事,只对那蒲公英的颜色,心里微微不满。他说"野花"的时候,心里想到的,其实是那种单瓣的野菊花。记得往年散步时,曾在操场旁边的山坡上看到过一大丛,白白的一大丛。他想象小黄的毛色,用这种洁净的颜色相配,也许它身上的血污,就不那么显眼。不过,蒲公英是儿子的选择。儿子为什么选这个,他想他知道,妻也知道。儿子的照片本上,有一张满周岁的照片,全身赤裸裸,肥嘟嘟,周遭是一片黄花。就是这个季节,就是在这足球场上照的。妻的不耐,不难理解。然而,他知道,眼前这件事情,无论妻怎么不耐,他都会同儿子站一条阵线。

"这是它的家,它的家!"

儿子大声叫着,背过身,用手指堵着眼眶里的泪水。妻气得嘴唇发抖。两个人僵持在垃圾桶前面。

"这东西血污滴答,怎么可以留屋里?"妻转身向他求救。

"过夜就要臭了!"她说。

小黄的受难处,就在大门外的马路上。那里还留下一摊血迹,血迹前面,有汽车紧急刹车的胎痕,小黄的尸体,还算完整,大概肇事的车主发现闯了祸,不忍心继续碾过去。

"它死的时候,头朝着我们家的……"儿子说。

这只猫,在他们家前后待了不到一年。它来得突然,走得也突然,除了在儿子心目中,始终没有建立它应有的宠物的地位。去年春天,儿子满十二岁,按照他们这一州的法律,十二岁以下的小孩,不准单独留在家里。儿子十二岁的生日一过,他们便把那位每周五个半工的保姆辞退了。"可以照顾自己了,不如用这笔钱,让他上钢琴课。"他当时对妻这么说。

不到一个月,有天下班回家,他发现儿子躺在电视前面,背上蹲着一只黄、白、黑三色相杂的小猫。"它自己跑来的。"儿子兴奋地说,看了四个钟头的电视的眼睛,照样红肿着。

"我叫它Almighty!"儿子说。

电视上正在演"Mighty Mouse"。那一阵,他忙着学校里的一些研究工作。妻更忙,每年三四月,报税季节,每天加班到深夜,等到她发现小黄的时候,儿子同猫,早已形影不离了。

那猫不但瘦小,而且丑,三色相间,像一盘隔夜的馊菜。猫的底色是黄色,他们叫它小黄,儿子叫它 Almighty,后来亲了,还昵称 Almie。成天阿咪、阿咪的,久了也不觉得它丑了。

妻发现自己对猫毛敏感,是去年秋天的事。

起初,他们以为是花粉热。他把院子四周的豚草全部斩清,屋子里加装了净化空气的机器,她的眼泪、鼻涕、喷嚏仍然不断。每天早上,还不到闹钟响,她的鼻子,像没了开关的水龙头一样,哗哗流水。每天一起床,床边地上,已经一大堆卫生纸,不小心踩着了,脚底像陷进一堆鼻涕虫里面,那种湿乎乎黏答答的感觉,热水都洗不干净。

后来,他们把怀疑对象转移到其他的花草身上。甚至屋子阴暗角落里的霉菌,院子里潮湿地带的野菇,都一一经过扫荡,妻的眼睛仍然布满红丝,耳朵仍然发痒。一直到医生在她手臂上做了一百多种试验,才算找到了祸首。

"早跟你说过,这只死猫,脏兮兮的样子,看着就不吉利!"

他帮儿子填满了皮鞋盒,又把手推车上的蒲公英整理成花环的形状,把皮鞋盒放在花环中央。儿子用木条钉了一个十字架，纵轴上刻着日期，横轴上，儿子还是刻上了Almighty这个英文字。

礼拜天的下午，他们把小黄葬在后院那棵老榆树下。整整一个下午，儿子始终没有离开那株老榆树。榆树上有一座小木头房子，那是儿子八岁时他给钉的。每次儿子"离家出走"，都躲在那个木头房子里面。"这样也好，"他记得房子完工的那天妻这么说，"反正跑不远，气消了，回家也方便！"

这一天，一直到晚饭时分，儿子还不回家。他站在厨房里，隔着窗玻璃，远远望着榆树上的儿子出神。儿子已经十三岁了，那座小木屋已容不下他。他上半身躺在屋子里面，两条细长细长的腿，从屋子里面伸出来，失去了支撑，打膝盖那儿垂下来，垂在老榆树的枝丫间。

"叫他回来吃饭吧！"妻说。她说过不止一次。他老觉得走不过这一段距离。脑子里反反复复、纠缠不清的，却是小黄的那个眼神。

那天，他特地请半天假，中午就赶回家。他在儿子床上找到了白天打盹的小猫。他把车子故意绕了几个圈，在超级公路上开过两个出口，才决定把它扔在公路边上的野地里，他准备扭动驾驶盘回公路以前那一刹那，不知道为什么，突然回过头去，恰好看见了瑟缩在草丛中的小黄。

车窗外光线太强,它的瞳孔还没完全调整好,那眼神看来不像是迷惑,感觉上,更像是一种毫无抗拒的冷静。

天色完全暗下来以后,借着厨房里透出去的光,还可以看见儿子的两条细腿,一动不动悬挂在老榆树的黑影里。

他一直站在窗玻璃后面,脑子里纠缠一片脏兮兮的黄色,里面有儿子的腿,有猫毛,然而最扎眼的,还是那无处不在的蒲公英。

下午茶

晴。鸟语花香。礼拜天下午。不能比这更美满了：两个儿子不约而同回了家。而且，我发现，我和老妻两人，这一天原没有什么计划——没有该办的事，没有想看的书，没有想去的地方，没有应酬。妻说，都给我到后院阳台上去坐着，喝茶。

那把蓝条纹的遮阳伞，一个冬天窝在地库，幸好上星期想到，洗刷一遍，如今张开，已没有霉菌的味道。

阳光像宋词，空气像唐诗。伞下的一家人，像莫奈的画。

一人一沓报纸。老大看体育版，老二看艺术版，我看政治专栏。

本来无须说话的。

我想我大概是觉得说话比不说话好。

"这次投票，选谁？"

我好像在问自己，当然没有答案，因为我不是美国公民。大概是专栏分析让我越看越糊涂。

"选谁？选谁都一样，反正没分别。"

老大以为我问他。两个儿子都已成为选民，我似乎第一次意识到这一点，不觉吃了一惊。

"不能说完全没有分别，至少，我不愿看见那个法西斯当选！"

我们都知道老二说的法西斯是谁。自由派的报纸天天翻斐洛的旧账。只要干过侵犯别人隐私的事，在老二心目中，就是法西斯。十二岁那年，他藏在抽屉里的诗被我们偷看。有整整一个月，他拒绝跟我们讲话。

"选克林顿我觉得自己可笑，选布什我觉得自己愚蠢。"

老大说。

"那总比自杀好！"

老二说。

我后悔引出了这个话题。幸好妻端来一盘点心，四杯柠檬茶。

或许不说话比说话好。

我望着老枫树顶端的太阳，希望从此没有人讲话，至少在喝完茶以前。但是，妻开口了：

"要是有个玫瑰园多好！"

我知道她寻找劳动力已经有一阵了，我借故推托怕也有两个春季了。

"这堵墙前面，每天下午有四五个钟头太阳，你们谁帮我整整地……"

三个人同时回到自己的报纸堆里去。

"我就知道，三条懒虫，一个也叫不动！"她一面啜茶，一面手指着后院防水墙前面的草地，看来她已下了决心，"全院子就这一带阳光最好，墙根下种蔷薇，让藤爬起来，遮掉这一面，灰不溜秋，难看死了。前面，每隔两英尺一棵，有十棵左右，整个夏天都有点颜色看……"

我看见老大忸忸怩怩，椅子坐得不太安稳。

"留着绿草配白墙，不也很好看吗？妈，要是你愿意，我给你粉刷一下。"

我知道老大在设法挽救什么。

墙上残留着一个球垒大小的方格，十年前，跟孩子们在这儿练球时我用刷子漆的，投中方格的，就算好球。

我又抬头看太阳，已经坠落在老枫树中段那个大分杈那儿了。

茶已喝完。

"我来帮你整地吧。"

我说。

再过十年,老大也许就在他自己的后院跟孩子玩球了。这未来的十年,有玫瑰似乎比没有玫瑰好些。

老二仍然低头看报。他始终没有再发表什么意见,不知他脑袋里想些什么。从他离家上大学,我们都不知道他脑袋里想些什么。不过,也已经渐渐习惯不再追究他脑子里面的活动了。只要他不时回来一趟,一道喝杯下午茶,也就够了。

空气如阳光,不知不觉间变了。有一种暗淡,在扩张。

"如果我是美国公民,这次我选布什。"

我突然觉得,这或许是我想说的话。

妻没有理会,依旧看着草地上方那个想象中的玫瑰园。老大、老二不约而同抬起了头,眼睛里有个问号。

年轻真好,虽然他们不一定知道。

"至少不会变得太快。"

我想我并不是为了响应他们的问号,或者只因为老枫树的叶海,吃夕阳一照,隐隐似炉火余烬中的炭红,不时微微闪动。

星空下

"我赌你,至少四十分钟!"

儿子嘀嘀咕咕,人还在电视机前面赖着。我把两个 Le Sportsac 球袋整理好,一红一蓝,摆在门口,一面蹲下系鞋带。

"我也跟你打赌,"我说,"你赢,我明天去买雷诺迪的票;我赢,你剪这个礼拜的草。"

儿子吵着要看雷诺迪,已经两个礼拜了,我的借口是,电视上看更清楚,拖了他两个礼拜。

他终于不十分情愿地跟过来穿鞋。

不见得完全靠雷诺迪,我知道。这两个礼拜,雷诺迪疲软,打击率降到零点二五,全垒打零。学校里的热门人物,至少这两个礼拜,不是雷诺迪,而是麦肯诺。也许一半为雷诺迪,一半为麦肯诺。为了试试他的新发球。

美国网球公开赛刚结束,麦肯诺直落三打败蓝道,靠的是发球上网。儿子十五岁,一米七八。身材、年龄都决定他模仿麦肯诺。全美国的小公鸡都迷麦肯诺。火爆小子宰了冷面杀手。所有小公鸡都得走这条路,跑不了的。我暗暗布置我的对策。

我算计。如果他真来发球上网这一套,我就得更加求稳,以稳克凶,宁愿减低速度,以退为进,正手球拉上旋高吊,反手球打下旋穿越,让他疲于奔命,忙中出错。倒不全为了找人剪草,才十五岁,这气焰,能压且压!

我其实也蛮喜欢雷诺迪,不只是因为他爆发力惊人,一棒击中就是五百英尺,还因为他冷,永远神色自若,不像别的猛龙打者,球一打中,总是双手乱挥,双脚乱跳。碰到全场欢声雷动、电动广告牌上"全垒打"几个字一闪一闪的时候,他只微微点一下头,嘴角略略一歪,仿佛对自己说:

"你还是OK!"

对了,你还是OK,我对自己说,虽然最近几场球,儿子的球力,一场比一场凌厉,我维持了足足四年的霸业,已岌岌不保。

果然要等四十分钟。

我们这个小区,一共五个夜间球场,公开赛前后,几乎每晚等四十分钟。

儿子又开始嘀嘀咕咕，我还是好整以暇。出门前，儿子装好了录像带，我把西瓜送进了冰箱。想想看，打完球，一身汗，扒光衣服，钻到莲蓬头底下，凉水开到底，哗哗一冲，浑身哆嗦，大浴巾一包，再躺回电视机前，大口吃西瓜，补看雷诺迪。

想到这个，就是排长龙登记，再坐等二十分钟，照样好整以暇。得克萨斯的冰镇西瓜，飞马棒球队的全垒打王，且先咬住牙，脚底多使劲，手脑并用，稳扎稳打，把全力往上蹿的儿子再打败一次。

不料负责登记的老头子又换了一个。

这个老头子，办起事来，慢慢吞吞，正眼还不太瞧人。低着头，摸摸索索，好像老在找他不知道要找的什么东西。

倒是一头好发，虽非十足金色，小木屋那盏灯一照，却反射金光。身板不挺，瘦骨嶙峋，也许年轻时抽烟过多，肺部损伤，总不自觉地佝偻上身，仿佛随时保护着胸腔，看着他，便好像看见他胸腔里有什么东西不停地蚕食着他似的。不过，嘴里还是咬着半支雪茄。不冒烟的雪茄。

"名字？"

声音大得出奇,像在骂人。

我怀疑他耳朵有点毛病。老老实实,一个个字母拼给他听。

"L-A-I,LAI。"

我说。

"什么?"老头子抬起头,眼露凶光,瞪着我瞧。"莱奥?"

一旦面对你,老头子倒是给你元气淋漓的印象,甚至有点盛气凌人。

小屋里的收音机,传出来走调的加油声,该雷诺迪上场的样子。一阵阵,像昏黑的荒野狂风送过来发颤的鬼唱歌。"来——哦——来——哦——"雷诺迪是姓,观众呼唤的是他的小名莱奥,因为拖长了,听在我耳朵里便像"来哦,来哦"。

有什么形影在暗中招手。

"Lady-Angel-Ivory."

我学航空公司的地勤小姐,声音似乎也不太自然。

老头子浑然不觉,儿子立刻走了开去,我知道儿子心里想什么,他正处于为他这个姓伤脑筋的年龄。我们住的是个WASP(盎格鲁—撒克逊新教白人)社区。老头子低着头,不知在找什么,总有两三分钟,摸来摸去,终于在一大沓登记表底下摸出来一支签字笔。我凑过去看,写的是LEO。

碰见这个脾气躁动作慢的,不免想起从前那个脾气好动作快的。前两天还在,说没有就没有了。社区住了十几年,一切规律摸熟,我知道他们的习惯。这个负责登记和分配场地的工作,一向是退休老人的终点站。

小屋旁边,一棵巨大的野枣树底下,有张带靠背的长板凳。我跟儿子,一人腿上搁一个 Le Sportsac,他红我蓝,静等老头子按序分配。儿子到底年轻,没五分钟便坐不住了,把腿抬起来,脚跟搭上椅背,开始轮番拉筋。

夏天的夜空,又高又远,看久了,不觉产生不知身在何处的感觉。地上腐烂的野枣,发出臭味。小屋里的收音机,不时传来压迫人的疯狂呼喊。

把我的名字写成LEO,我咀嚼着其中隐含的侮辱意味。来美国都二十年了。二十年,全美国二十岁以下的孩子都没我在这块土地上待得久,然而,老头子还是用美国人习用的小名拼我的姓。二十年的税,白交了。

野枣的臭味,让人窒息。夜空向无限远的宇宙退去。收音机里的呼喊,又开始出现那个走调的节奏,像呼唤冤魂,我听见成千上万人齐声发出鬼魅般的合唱。

"来——哦——来——哦——"

老头子忽然在小屋里骚动起来了,他用他怪异的失聪人的腔调叫嚷着:

"来——哦,来——哦,来——哦。"

儿子从地上一个鲤鱼打挺,翻身掀起球袋。

"该我们了,爹地。"他说。

我们走向小屋。

"谁说该你们了?"老头冲着我鼻子大喊,震得我耳膜嗡嗡响。

"你不是叫了莱奥?"

儿子理直气壮。

"莱奥?我在给他打气呢,雷诺迪就要击出全垒打了,你最好别作声,我什么都听不见了。"

老头子挥手要我们走开,右耳朵几乎贴上了收音机。他总是右耳朝着收音机,脑袋微微偏斜。也许他左耳失聪,右耳可能还保留部分功能。可见我初得来的那个元气淋漓的印象,也是一个误会了。偏斜脑袋全神贯注于某一事物的姿态,总让你觉得那个身体里面似乎有无穷的等待爆发的精力,就像满垒的紧张局面下出场的第四棒打者,偏斜脑袋全神贯注于九十英尺外敌方投手最细微的一举一动。

那晚上的球,我打得有些失神。所有阴谋计划,全都失败。不但球老发出界,腰和上臂始终僵硬,上旋球打不出必要的弧度,下旋球打不出必要的旋转。儿子倒保持了平常心,球技并不见特别提高,然而,他创下了平生第一次击败我的纪录。

这以后,父子争霸战的局面,从一面倒转入了拉锯状态,不久,我连拉锯状态也维系不住。儿子的发球上网虽然赶不上麦肯诺,但我的底线球,也不及蓝道远甚。

后来排队登记,我也学乖了,不等老头子开口,我便自报名字:

"莱奥,莱奥·雷诺迪,你知道!"

老头子还是很少抬头,全神贯注于收音机。不过,几次以后,也会加上一句:

"噢,是你呀!"

这就使你觉得安慰,因为,终于在他的意识里,占了一席位子了。

我跟儿子,也都是雷诺迪的球迷。那两年,雷诺迪的事业进入顶峰,一年的全垒打总在三十个左右,打击得分一百以上。那一年,他守左外野,评论员说,飞马队的左外野守区,对于敌队打者,简直好像坟场。他几乎无所不在,所有打到那方向的高飞球,一个一个接杀,干干净净。作为第四棒打者,碰上他的敌队投手,无不发毛。每逢关键时刻，他一上场，全场观众一定疯狂，军号大作，战鼓雷鸣，球迷们发明的那个"来——哦——来——哦——"叫冤魂的叫法，听在敌队球员耳朵里，每个人都像要碰到鬼。

不出奇迹也不可能。

奇迹确实延续了两三年。

一个人打不成网球，一个人对着电视机看棒球，也是过于冷清。只好在报纸的体育栏里看雷诺迪的消息。他改了打第六棒，飞马队的战绩开始下降。儿子大二那年，开局的九名球员里面没有了他，变成了代打，只偶尔遇上难局的时候应命出场，有点像就业状况不稳定的职业枪手了。

然而，每逢这种场面，观众还是习惯性地喊"来——哦——来——哦——"。

似乎有另一种声音，渗进了唤鬼的合唱里，不一样的阴风惨惨。

终于，雷诺迪退了下来，改行做教练了。电视体育新闻节目中，有时看到他从球员准备区冲出来，一面用脚踢地，踢得尘土飞扬，一面跟裁判员嘴对嘴争吵。球服包裹的腰身，圆滚鼓胀，像绑着一个得克萨斯的西瓜在里面。

可每到十月,空气里还是彩蝶飞舞。世界大赛一到,儿子的电话更加频繁。有时意见不一致,就在电话上下注。

今年,儿子下狠注。他明年大学毕业,想去欧洲混上一年。他抢先押宝,押在各方看好的热门队上。我自愿选了冷门队,不为别的,只因为雷诺迪现任该队总教练。他赢,我送他去欧洲;我赢,他剪一年的草。

世界大赛打到第七场,三比三。儿子忍不住,回家跟我一道,守住电视机前这性命交关的一场。

开局便对雷诺迪不利,他最信任的投手,下坠球不下坠,快速球老躲不开中线,敌队一路领先。雷诺迪的得意打者,一个个上阵,一个个铩羽。到了第八局,雷诺迪已经换了五名投手,还是压不住阵。

从来没看过雷诺迪慌乱的面孔,这次总算看到了。儿子的气焰更是嚣张。

"欧——洲——欧——洲——"

他拖长尾音呼唤。

雷诺迪在球员准备区里,困兽一样,来回踱步。冷门队看来终于热不起来,只剩盖上棺材板。电视评论员已经背书一样念着:"本节目未经棒协书面授权,不得转播转录……"

就在这个时候，久不出现的鬼，又出现了。

雷诺迪做了一个史无前例的决定。

第九局下半局，雷诺迪带的队还落后三分，但敌队投手也开始呈现疲态，送了两支安打，又保送一人，形成满垒。全场观众从死一样沉寂里活转过来。不知道谁起的头，总之，四五万人的球场，忽然又齐声合唱起来。

"来——哦——来——哦——"

更让人意外的是，总教练雷诺迪居然拎了一支球棒从球员准备区走出来，就在所有人都瞠目结舌不知所措的当儿，击出了他平生最后一支全垒打。

世界大赛结束后，天刚黑，我邀儿子打一场网球。他好像还停留在休克状态，回不过神来，未置可否，就跟我走。

那场网球，我赢得相当轻松，可是，不知为什么，并没给我太大的喜悦。也许是雷诺迪的胜利，取代了一切，也许不是。

回家的路上，儿子冷不防问我：

"你注意没有？那个负责登记的，又换了一个老头子。"

可不是。金头发咬半支雪茄的，变成了半秃头挺个大肚子的。而登记的时候，我居然还是说："莱奥，莱奥·雷诺迪,你知道。"我也没注意对方登记是不是写的 LEO。我大概早已不在乎了。

倒是儿子注意力的变向,让我吃惊。

"你明年还是去欧洲吧!"我说。

"真的?你不在乎那么多钱?"儿子说,他用手臂抱着我的肩膀,像糊弄小孩似的,"欧洲回来,我给你剪一年草,免费!"

只可惜忘了冰个西瓜,棒球季也过了。看来,这一晚,虽然赢了儿子,还有雷诺迪那一击,终究不似以往。

进屋前,抬头看夏天的夜空,依然又高又远,依然向无限幽暗的宇宙深处退去。但是,闪烁的星群,却布置成这样一种形状,仿佛就此遵守某种秩序,直到永恒。

来去寻金边鱼

01

我站在阿才家对门的大垃圾箱上，踮起脚，伸长脖，恰恰可以看到他家围墙里面的院落。院落里没有人影。这个时分，晚饭应已开过，他一家人大概都在后院里吃西瓜、乘凉。不过，阿才房间的灯却是亮着，他应该知道，这就是我来寻他的时候，应该在那里等着才对。

我把右手的食指一曲，小心翼翼，塞进嘴里，上下牙齿轻轻咬住，舌尖微微卷起，屏息、凝神、气下丹田，一切归位，然后，我鼓足全身的力量猛吹。出来的仍然是那一串让我又厌又恨的嘘嘘声，而且，还迸出一丝唾沫，溅在鼻子上。没精打采地拔出咬得有些发疼的食指，趁势用手背抹掉鼻子上的口水，我跳落地上，随手抓了一把沙土，跃回垃圾箱，用力向阿才的窗口掷去。

巷子里，火热的太阳早已坠落，滚烫了一下午的碎石路正逐渐退热，墙里墙外形形色色的院树，失去了它们脚下的阴影，一同化进保留着余温的昏暗里，连厮杀一般叫啸了一整日的鸣蝉，也在这向晚的空气里，略略温柔了一些，在开始有一丝凉风游荡的黄昏里飘沉。仿佛从酷暑的严厉镇压下苏醒，家家户户门里门外，开始出现了人声。

从巷口电线杆底下看过去，阿才家屋顶上空高矗的槟榔树，好像打了大败仗，一副垂头丧气的样子。

我左脚支地靠在电线杆上，右脚从木屐里抽出来，在地上随意摸索，触着蚕豆大小的石子，便用两根脚趾钳住一抛，右掌一伸。不久，手里已捏了满满一把。我从短裤口袋里掏出弹弓，把一粒粒蚕豆大小的石子射向满天晚霞。我的弹弓是一流的，弓架用的是骆驼家番石榴枝丫，木色深棕透亮，上面少说也涂过两打以上麻雀的鲜血。橡皮带弹性绝棒，比别人用的脚踏车胎皮至少厚一倍，又黑又密实，是难得找到的十轮大卡车的原装货内胎。或许是白天委实太热，今天的晚霞也火烧般特别，西天一带，红红艳艳，活像什么？说出来也许没有人会相信。活像芹姊细白脸颊上泛起的桃红。

石子像子弹像流星，一粒接一粒射向天空。我的眼光追随着它们，在逐渐转变成暗红变成灰褐变成鸭蛋青的天幕上，划开一道道高高瘦瘦的弧线。

　　阿才始终没有出现，骆驼大概在他爸爸的水族箱旁边伺候着。我们上礼拜捞到的金边鱼就养在那儿。应该去瞧它一眼的。到现在，都快一个礼拜了，骆驼他爸爸还没研究清楚：到底是条什么鱼？到底该喂什么给它吃？到底该怎么控制水温？怎么调整水质的酸碱度？

　　头上的路灯竟亮起来了，天空全黑了下来。

　　我从后门摸回家，后院里阒无声息，黑压压一片。洗澡房的门缝里透出一条细细窄窄的黄光。我把木屐提在手里，静悄悄地挨近那道黄光。

　　先只听见一下泼水的声音，后来又像浸得饱满的手巾把，滴滴答答拎起来，经过一阵挤压，水顺着身体的曲线流回盆里，温温吞吞的声音。半天半天，对准了门缝的眼睛才算对准光。我的心脏在胸腔里好像随时要迸出来，喉头干燥，连口水都没法下咽。一屋子黄澄澄光晕里飘浮着白漫漫水气。芹姊坐在红漆大盆里，一头解开了辫子的黑发过了水，尤其乌黑发亮，温驯地贴在她雪花膏一样的背脊上。就在她转过身来半朝着门缝外面半蹲在黑暗甬道里的我的时候，我疯狂一般震颤抖索的手，再也控制不住，顺裤脚开口沿大腿向上一溜，仿佛握着一只生命垂危挣扎

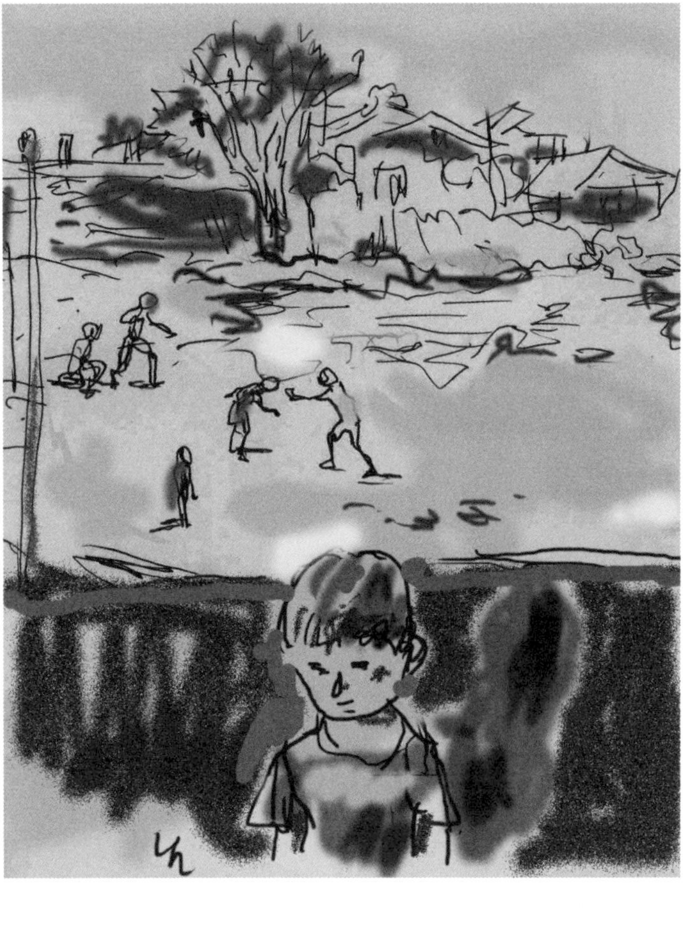

的小动物，我觉得脸孔就是刚才的晚霞，火烧红烫，眼睛满盈泪水。我忍着，不顾一切地忍着，一动不动，甚至不让泪水溢出来。

芹姊毫不知觉，她的小腹恰恰在一盆不断冒着白色蒸汽的水面上，也许是坐着的关系，竟微微隆起，然而那曲线看来一点也不紧张，在那样的光线下，那份颜色、那份柔软、那份滑腻和饱满，真像新剥的龙眼肉。芹姊的手指微微张开，放在小腹上，轻轻抚摸，唯恐触破一囊甜浆似的，由下往上，那么温柔细致地抚摸着她凸起在漆盆边缘的小腹。我紧捏的手感觉里面有一股强有力的膨胀。芹姊的手顺着曲线起伏，滑移向胸部。我看不见她的眼睛，但感觉得到，她低头望着自己的眼光，一定满含柔情和专注。我知道，因为我看过，就在我生病躺在床上她俯身给我把棉被塞进枕头底下去的时候一样。芹姊的手指微曲，揉着自己的乳房，她的手慢慢拳起，用指甲挑弄那一小粒仿佛牢牢粘在覆过来的细瓷茶碗底部的乳头。她指尖按住它，然后放开，有那么一刹那，它仿佛陷进里面，被什么力量吮吸住，被四周包围的弹性拥挤着，浸饱了某种汁液的葡萄干一般，它跳出来。我颤抖的手通电一般发麻，顽抗着里面疯狂膨胀起来的力量。终于，我全身一阵痉挛，人整个儿软瘫在地上，像一条出了壳的蜗牛，手上不知怎么，沾着一团黏糊糊湿答答的乳白液体。就着门缝光，我张开手，上面是一摊太阳晒化的鼻涕虫。

阿才他们始终没有见着。今晚上，不想跟他们碰头了。反正也不会有什么新花样儿。我回到房里，也不开灯，坐在床上，刚好看见窗外的椰子树上有一饼黄蒙蒙的月亮，挺大挺圆，如果不是那颜色，看起来倒像暗中窥视着什么的猫儿眼。我就那样在黑暗里蹲踞着，静静等着院子角落里那只准时出现的蛐蛐儿发出它金属丝振荡一般的音乐。

02

在周围几条巷子里，五哥是最受我们这批人拥护的，尤其在暑假。平常，成年人管他叫孩子王，他母亲却叫他老五（还好他不姓王，嘻嘻），我们都跟阿才一样，叫他五哥。跟一般大人相比，五哥的身量并不算高大，虽然已经是大学生，但比我爸爸还矮半个头。不过，他们家的后院里，两棵槟榔树中间，横绑着一根两指粗的铁棒；老榕树底下，摆着一副水泥胆举重担，是五哥自己用洋灰沙土浇出来的。所有我们认得的人里面，谁也比不上五哥的身手。翻大车轮的时候，槟榔树叶簌簌乱抖，树干东摇西晃，连铁棒做成的单杠也压得半弯，可五哥看起来却身轻如燕，除了一条红缎子的运动短裤，浑身上下，雪白精壮，远远看去，像水底一条闪电翻身的银鲤！让人喝彩的还不止这个呢！十几个大车轮下来，五哥轻轻一纵落地，脸不红、气不喘。肚子上的腹肌，方方整整，两排六块，臂膊一弓，突起馒头大的一球肌肉，摸起来，铁一样硬！

晚饭过后，早就在动脑筋开溜。偏偏爸爸的精神特别好，硬逼进房间里去背《古文观止》。看看钟，正是五哥开讲《蜀山剑侠传》的时刻，心里急得一窝蚂蚁一般，哪里啃得进什么鬼打架的《出师表》。可爸爸的精神偏偏那么好，不但不像平日一样，吃完饭，一定有点发烧，总要上房间里去休息一阵。现在居然端了张椅子来亲自督阵，坐在书桌边上给我讲解。我倒真是尖着耳朵在听，听的可不是爸爸一半夹着咳嗽的枯干的声音。我的房间靠前院，窗户向巷子里开，五哥每晚开讲以前，把右手食指一曲，塞进嘴里咬住，猛力一吹，一声响亮的呼哨，几条巷子都听得见。这一招，阿才跟我，还有骆驼，死也学不会。今晚却又有些蹊跷，无论我怎么尖起耳朵，只听不见五哥的呼哨。

讲解着《出师表》的爸爸，过没多久，自己却打起哈欠来。爸爸的身体一向不好，听妈妈说，他年轻的时候就得过哮喘病，现在虽然好了，却又染上了肺结核，虽然不很严重，精力总比常人差。在我们家里，这一点我摸得很清楚，只要顺了妈妈的意，爸爸这一关从来没什么困难。爸爸哈欠一来，我就晓得机会到了。把书要过来，我开始朗诵《出师表》，很认真的样子。我的声音不高不低，字咬得却有些含糊，我用九九表的调子把一串串不知道讲些什么鬼的字句努力灌进爸爸的耳朵里去。爸爸的眼皮有点下沉，他站起来在房间里走了两圈，先还说"不要囫囵吞枣，把感情读出来"什么的，过不了一会儿，他伸伸懒腰说："我去洗个澡，回头你把今天讲过的背给我听!"便踱出去了。

我扔了《古文观止》，轻轻卸下纱窗，然后，一个鹞子翻身，落进前院。院子里黑不溜秋，大门却敞开着。可是，我不能从大门走，妈妈正坐在藤椅子上跟隔壁林妈妈乘凉聊天呢！我紧紧挨着墙根，隐身在黑影里，从甬道摸索到后院去。后院那扇门，虽然经常上锁，却难不倒我。几年前，爸爸的机关有个命令，每户宿舍都得筑个防空洞，我们家的防空洞就筑在靠近围墙的角落那儿。防空洞的洞口有道砖墙，砖墙外边填了高高一堆土，像个小山坡。我只要避过洗澡间的窗口（矮一截身子过去就行了），混到土堆那儿，沿着小山坡上了墙，就那么一手撑在防空洞墙上，一手撑在院墙上，用从五哥那儿学来的双杠浪船动作，一摆两摆，双腿一抬便坐在院墙上了。然后，沿院墙顶爬上一段，摸到阿才家对门那个水泥大垃圾箱旁边落下，就出了这个牢笼了。

说来也许没人相信，今晚硬是有点蹊跷，五哥的呼哨始终没响过，外面连踢罐头的人群动静也始终没听见。人都到哪儿去了呢？

我坐在院墙上，轻轻喘着气。正准备收腿翻身往前爬。忽然，不知从哪里，传来一阵细微短促的抽泣。眼光一扫，前后左右除了洗澡房那扇窗口隐隐约约透出一些灯光，什么也看不清楚。防空洞那一头的尤加利树，倒是稀稀疏疏洒了一地碎花花的黑影随风乱舞，除此之外，什么也看不见。我定了定神，憋住气，尖起耳朵，却又什么都听不见。回过身，心里刚嘀咕着，又是一阵细微短促的抽泣。全身的寒毛一下子竖起来了。可是，这一次，也许方才定了定神，模模糊糊觉得声音就来自不远的地方。再也安不下这颗心了，蹑手蹑脚，我从防空洞顶上往那个阴阳怪气的声音爬去。防空洞本来不过是大段水泥铸成的大圆筒，一半埋进地下，一半露在地上，洞顶堆上土，像个坟丘。不过，几年下来，早长满乱七八糟一尺多高的杂草。草叶子还蛮锐利的，割得我短裤头遮不住的膝盖又痒又疼。我大气不敢喘，全身肌肉硬邦邦不听使唤，硬着头皮往前爬，喉咙里好像呛着一口口水，吐又不敢吐，吞又吞不下。好不容易挨到防空洞的那一头。我脸朝下，轻轻挪动，终于摸到防空洞顶的边缘，从完全遮没了身体的草叶往下看，就在五六尺外，台阶上，赫然一对相拥成一团的男女。黑暗中，他们的脸面看不真切，但男的那颗脑袋的模样和那三厘米长的平头，就是光线再暗也看得出，正是我空等了一晚上呼哨的五哥的头。女的肩膀还微微颤动，两条大辫子甩在背后，一脑袋缠在五哥身上，像一对交颈的天鹅。

终于在骆驼家门口的电线杆下找到了阿才。两个混账小子，胆敢背着我在这里密谈。骆驼的脸色一看就明白，神秘兮兮的样子，居然见到我还不自在。阿才说："早对着你窗子扔了两把沙子，一点反应也没有。"我可不记得，一晚上我耳朵都尖着的。反正，由他们守着他们的机密好了，我就守着我的。鬼扯了一顿，估计骆驼他爸爸该上楼去了。我们就悄悄摸进骆驼家去看我们的金边鱼。

今晚上的金边鱼，懒懒散散，很不快乐的样子。骆驼取了一小把鱼食，往水面上撒下去，别的鱼立刻兴高采烈，从水底往上一蹿，张嘴抢了一片鱼食，尾巴一摆，唰的一声潜回水底慢慢享用。就这样，一尾接一尾，接力赛似的，没大一会儿，漂浮在水面上的五彩鱼饵粉片，还没来得及下沉，就都给清除完毕。只有它，始终无动于衷，在缸底沙砾上面满植剑叶水草的绿林里，漫不经心地扇着它的两叶胸鳍，偶尔也用它棱角分明的唇片翻动水草根旁的沙石，然而，对自己无意搅起的水中悠悠浮沉的尘沙，仿佛也未曾注意，又仿佛故意弃而不顾，慢吞吞游向别处去了。

在荧光管照明的水族箱里，它的身体的线条也没有平常那么活挺饱满，眼神看起来也比平常呆滞，甚至，无论我怎么转变观察的角度，那一脉从鳃边开始沿着流线型的身体背脊曲线直拉到尾部的若隐若现地浮漾闪耀在鳞片上的黄金色带，却怎么也找不到。

"大概吃得太饱，爸爸刚才也许喂过了。"骆驼这么推测。阿才却不同意，他说也许应该去给它弄些活的食物，像血丝虫什么的，阴沟污泥里多的是。我没有反对他们的想法，也没有赞成，可我心里却明明白白，这两个臭小子哪里弄得清楚。得给它找个伴，明天，我决定，明天一定上那片种满了茭白的水田里去给它寻个伴来。

03

不知道为什么，妈妈今天脾气特坏。特别坏，真的。早饭才吃一半，爸爸提了公文包，还没跨出玄关，她便大声数落芹姊的不是。爸爸却好像没听见，在门槛前匆匆弯身系了鞋带，头也不回，嘴里却咕哝着"糟了！糟了！交通车要跑了"，三步并作两步跑出大门。临关门，还把外衣的下摆给夹在门缝里。

"作孽！"妈妈说。

也许是芹姊起身晚了，粥熬得不够火候。平常，不等鸡叫三遍，芹姊已经生好炉子，炖上一锅粥。厨房外边的甬道，一向风大，她每天就在那里生第一炉煤球。有一次，跟阿才约好去水源地摸鱼，一晚辗转反侧，满脑子里银光闪闪的小白鱼活蹦乱跳，天不亮就自动醒了。以前摸鱼回来，一身湿透，挨过妈妈一顿好打。那次可学乖了，我的道具，旧蚊帐布缝成的渔网和大口玻璃罐，都事先藏在芹姊的房间里。那天早晨，黑黝黝摸进芹姊的房里，已不见了她的踪影。从后门摸出去的时候，回头看见甬道里，芹姊整个身子弯成一只蛤蟆的样子，嘴对着炉口猛吹，头发还没结成辫子，黑蓬蓬垂下一脸，身上披着那件一年到头不离身的暗蓝底碎红花夹袄，昏暗里，看着像鬼。然而，我背着的美军帆布书包，贴身处却有股温热，打开一看，报纸包着两个热乎乎的大馒头。芹姊做事细心，每晚烧剩的煤球炉上，总不忘坐一壶开水。这两个热馒头，保管是前晚坐热的开水锅里一直蒸着的。

也许今天天气太热。吃早饭的时候，知了已经满院子嘶喊不停，妈妈也许因此心烦。人都说胖子才怕热，一热就难免发火。但妈妈虽然看着臃肿，也不能算太胖，却一样怕热，一早起来就不停扇着那把大蒲扇。也许芹姊今天的确起身太迟，粥熬得不够稠，爸爸前脚出门，妈妈便把没吃完的半碗粥连碗向洗碗槽前面掐四季豆的芹姊甩去。

"你是存心要害死我不是？"妈妈说，身体气得发抖，"明知我有胃病，还煮生饭给我吃。"

我今天的早饭也吃得飞快，油炸花生米都不敢贪吃，拌点豆腐乳，三两下便把满满一碗粥赶进肚里。筷子轻轻搁下，踮起脚回到房间里去赶暑假作业。一口气赶了二十天的日记。

照妈妈的说法，芹姊来我们家已不止十年了。刚来的时候，"又黑又干又瘦，两条腿像晒脱水的苎麻秆"！那一年，抗战还没结束，日本鬼子还驻扎在县城里。爸爸在南门大街上开着一间米铺，表面上做生意，暗地里据说干的是地下抗日工作。因为生意上的需要，常常下乡去跑。大概就是我出生的那年，却不知是为了办货还是联络游击队，总之，爸爸那一次下乡，却把游击队里刚打死的李二瘸子的女儿带了回来，就是芹姊。乡下闹饥荒，连个健朗点的奶妈都雇不到，爸爸说，那时节，你妈刚生你，奶水不足，身子又虚，身边有个人使唤使唤，总好些。大概就是这样，芹姊就在我们家待下来了。然而，在我的记忆里，芹姊的印象出现时，已经是逃难的那一年了……

四围是一片昏暗。包裹着我的，是一团团浓重的刺鼻的潮湿而发霉的旧棉絮的臭味。我的给莫名恐惧压迫着睁大的眼睛里，印着的是一个半圆形的开口。从那里望出去，有一个粗壮的汉子的身影在摇橹。远方，有些流动的树影，有星星鬼火般几粒灯光，在黑暗里闪烁。身子底下，可以感觉江水拍击船底的节奏，啪啦啪啦，咕噜咕噜，仿佛有个无比巨大的怪物躺在下面不停地大口吞水。我不记得爸爸妈妈那时在哪里，只记得半圆形开口处，摇橹的汉子忽然走近，他压低嗓门支吾着一些字句。在我的脑子里，他嘴里的"土匪"两个字便是混合在当时零乱的黑影和粗重的呼吸所组织的印象里。然后远远听见了枪响，像旷野里燃放的爆竹，松散的没有回音的枪声。摇橹汉子的手臂迅速挥舞，制止任何可能发出的声音。我们乘坐的乌篷船，大概恰好是在离放枪的江岸较远的急流里，船身顺着水流的速度往下游滑去。我不记得妈妈那时在哪里，只记得，十分清楚地记得，紧跟着摇橹汉子挥动的手臂，芹姊将我一把搂抱在怀里。"莫哭，莫哭！"她的声音也有些颤抖，接着便感觉她湿润柔软的嘴唇，紧紧堵在我的因为恐惧而不断发出呀呀声的嘴上。芹姊嘴里有一股辣椒豆豉的味道，奇怪的是，却不辣，而是甜滋滋的，至今仍然新鲜地留存在记忆里。

我们脱了鞋袜，用制服上衣卷成一小包，一共三小包，连同我们带来的摸鱼道具，一长溜摆在瘦瘦一条的田塍上。天很蓝、很清，太阳火辣辣，很烈、很毒，晒得头皮像个油烧干的煎锅。骆驼蹲在田塍上，划开水面聚集的浮萍，双手合起一捧水，往光脑袋上轻轻地拍。阿才跟我早已迫不及待下了水，脚顺着软泥往下滑陷，越往深处越冰凉得痛快。每次摸鱼，一定是我跟阿才两个动手，骆驼总是只会动脑筋指挥，今天也一样。他索性坐在田塍上，两脚插进水里泡着，眼睛四处打量，看我们俩一人一簸箕，慌慌张张往深水洼子草叶蔓生的地方乱挖乱舀，还有点不耐烦呢。骆驼连圆领汗衫也不脱，在那儿弓起一双腿挺着他的鸡胸，一副坐享其成的样子。不仅这样，他还什么都贪，阿才也是的，什么都要，鲫鱼、三斑、土虱，甚至连丁点儿大的泥鳅都往他那儿送。他也就来者不拒，全部倒进鱼罐里去，把我气得不行！不大一会儿，罐子里已塞得满满的，有些不争气的已肚皮朝天了。

我扔下簸箕，也不跟他们啰唆，一把抢过玻璃罐倒过来，连鱼带水，全哗啦啦送回水田里去。

"你到底要怎么样?"阿才气得嘴唇发白。

"除了金边,别的全不要!"我说。今天,我心里想,如果他们要动手,老子一定奉陪。

"那种鱼,已经绝种了,我爸爸说的,他查过书,他说的!"骆驼也发脾气了,他平常很少动气的。

"我不管!那一条是怎么来的?如果真绝种了,那一条怎么来的?"

"运气,狗屎运,你以为天天都碰得到的吗?"

"我不管!有一条就一定有第二条,我不信天底下就这么一条!"

三个人就这么顶上了。我拿定主意,绝不投降。我索性一屁股坐在水里,水还是凉兮兮的,要熬多久就熬多久。裤子湿透了也不管,了不起一顿打。

终于还是骆驼先软下来。我们在这块茭白田低洼的一边掘开一道缺口,把渔网套上,周围堵上泥。然后,连骆驼也下水,三个人手抄簸箕一字排开,朝迅速出水的缺口一路赶。

田水给我们搅得一团混浊,可是,慢慢浅了,拔脚就见泥坑。我一直低着头,眼睛能张多大就张多大。在这种浅水里,三指宽的鲫鱼,连背鳍都露出水面,受惊窜逃的时候,像电影里紧急下沉的潜水艇,划一道曲线就不见了。不同的鱼，就有不同的窜逃姿态。泥鳅最窝囊，往软泥一钻，冒个泡，还跑不远。如果要抓它，连泥一铲，保管还在那堆泥里扭扭捏捏。最爽快利落的是鲫鱼，冲刺闪电般快，不过也逃不过我们这种老手，往前面水深点的地方去摸，一定在那儿躲着。

我分明看见它就在我前面两三步的地方。再没有别的鱼有它那么美的姿态。要不是太阳对着眼睛，照理就已经堵着了。对着水面上反射的一道耀眼白光，它忽然从水里跃起，小小的身体还微微一曲，全身鳞片闪烁银亮。就在它弯身落水之前，我分明看见了那一道黄金色带，水上月光织成的流苏一般，那么柔和那么优美那么文雅地没入水中……

一田水流尽，渔网兜得满满一篮。我们细心挑拣，把其他的鱼扔回水里去。只留着它，放在特意寻来的一罐清水里，带它回家。

04

回到家已是掌灯时候，却没有灯。我大大方方迈进玄关。一路混回来，衣服裤子除了沾上些泥，全干透了。心里想，正好，趁没人在家，上洗澡房冲冲冷水，换上一套，神不知鬼不觉。却忽然从爸爸房里传来一声长长的叹息,接着又是一串让人嗓眼里泛水的干咳。这一惊非同小可,连忙提气抽身,从玄关里退了出来。

洗澡房隔开厨房的推门没有全关上,我进来的时候,妈妈坐在碗柜前一张没有椅背的圆凳上面,背对着我,手里提着把火钳。芹姊面对妈妈,跪在地上。洗澡房砌成两层,磨石子地面光溜溜的,我赤脚站在下面一层,脚底心冰凉。妈妈正在气头上,左手按住胃部,我站在她背后,她毫不知觉。

"说,说呀,你这个死不要脸的,贱种,不说出来,饶不了你……"

芹姊的身体碰到火钳的时候,我的身体一阵抖。芹姊好像没事人一样,嘴唇皮子紧闭着,头半低,没有哭也没吭声。

"多久没来了?死人,你给我讲清楚,"顺手又是一火钳,芹姊连身子都没有偏一下,手臂上立刻又多了两条红印子,"你打算怎么办?要留着这个孽种吗?你死不要脸,我还要不要做人?"

妈妈说到"孽种"的时候,不知怎么的,我脑门子轰的一声,却出现一对交颈的天鹅。一阵急火攻心,我咬紧牙关,揣紧拳头,仿佛全身着了火,由里往外烧。心口处烧得最疼,那儿好像有朵不灭的火苗,还源源不断往各处蔓延。芹姊仍然半低头，既没眼泪也不吭声。手臂上、腿上，少说也有十几条红杠，有的地方大概挨过不止一次，已经淤积成黑紫一片。我再也看不下去了，可是两腿发软，一步也移不动，手撑住澡房的瓷砖，滑滑溜溜，随时要倒下去。"千万不能倒！"我心里对自己说。闭上眼，我开始运一口气纳入丹田。我感觉那口气细丝一般通过火烧的胸口，注进肚腹，在那里汇聚成一湾清清凉凉的水泊。我得费力窝住它，能窝多久就窝多久。

我面前出现一片湖水，湖水清清凉凉，看不见边际，仿佛是边的地方，白茫茫堆涌着一层层雾，雾堆上隐约觉得影影绰绰挂着一些垂杨。哪里的画片里见过似的。湖水的颜色不很清楚，但觉得清澈澄静，一丝风一丝波纹一丁点儿声音也没有。湖中心，像五线谱上并排画着一对低音谱记号，两只羽毛雪一样白的天鹅，袅袅婷婷悠悠向前方浮去，越浮越远，越远越小，终于没入尽头的白雾里去。

我的眼睛并没闭上多久，妈妈不咆哮了。"给我吃下去，吃下去！不能留这孽种丢人现眼。"

我这才发现芹姊两只手原来抱着一个玻璃瓶，瓶子里还有大半瓶乳白色的药丸，不知道是什么药。芹姊的手紧紧捏着那个玻璃瓶，好像生怕失手丢了那个药瓶，又好像怕别人抢了去，她跪着的身体一动不动，随妈妈怎么打怎么骂都一动不动，全身的力量、整个人的注意力都仿佛放在那只两手不大抱得拢的药罐上，好像用了那么大的力气，想把罐压破把里面的药丸全挤粉碎似的。

忽然，饭厅的灯亮了。爸爸瘦干惨白的脸出现在厨房里，一身蓝条纹的睡衣，活像个囚犯。

"不能这么蛮干，雍云，弄得不好，搞出人命案来如何得了……"

爸爸的话还没讲完，妈妈突然一阵反胃，回转身要吐。我本能一闪，一口酸水差点没吐在我脸上。"死鬼东西，鬼鬼祟祟的，什么时候摸进来的？还不快给我滚出去……"

说着，火钳已经扬在半空，我一溜烟跑了。只听见身后鬼哭狼嚎闹成一团。

我寻着前院里的木兰树根坐下来。木兰树上了年纪，两条老根突出在地面上，扭扭曲曲爬上一段又没入地下，兜成一个小窝，偎在里面，像把着摇椅的扶手。不知是刚才跑急了还是怎么的，心里兀自扑扑乱跳。墙外，有人在叫嚷玩官兵捉强盗。阿才呼啸来去的声音，听得清清楚楚。要是平常，早赤着脚板出去了，今晚上却特别，身子窝在树兜儿里，一点也不想动。院子里树影深深，我坐的附近，也许因为常年照不到太阳，泥地上，还生着一层绿苔，触摸起来，冰冰滑滑，显得更加阴湿。不知是隔壁林家的晚香玉还是头顶的木兰花，满院子飘浮着阵阵触鼻浓香。时间还不到，我那只蛐蛐儿还没出现，这些天来，总得月亮拉到椰子树上，它才肯亮相。然而，墙外的闹声沉寂时，也可以听见院角落的香蕉树林里，有些唧唧喞喞的虫语。

五哥该在那里翻大车轮了。官兵捉强盗的声音没多久就消失了。大伙儿准都在大榕树底下，瞪眼瞧着两株又粗又圆的槟榔树干中间，一团雪白的身影快速翻飞，像擦得倍儿亮的脚踏车钢丝轮，在明晃晃的太阳光底下旋转飞舞。

我该递个消息给五哥才是，却怎么都不想起身。有一股懒懒的劲道，无形绑着我的手脚。

忽听得屋背后阿才家那条巷子里一声呼哨，音调像钢管里压出来大大小小一堆钢珠，在夏夜玻璃一样的空气里滑过去。立刻便听见前后巷子里踢踢踏踏的脚步声，往五哥家院子里集中去了。

周遭一霎时静下来，只偶尔从远处，不知谁家的浓密树荫里，传来三两声野鸽子的啼唤。

我两手一使劲，离了我的安乐窝，轻轻拉开大门。巷子里有些人家敞开大门，有几圈人，散坐在竹椅板凳上摇扇子，闲聊。我懒得理会人家的招呼，两手背插在裤子口袋里，顺脚溜达，一路踢着碍眼的石头子儿，不知不觉到了巷口。骆驼那儿这会儿也不想去。五哥那里，前后左右围了十几个人，我往哪儿去？

等我想到这一晚上还没吃过东西的时候，发觉自己竟躺在十几条巷子以外小河沟沿的草地上。满天星斗熠熠发光像开着大酒宴，鼻子里只闻到河沟水微微腐烂的泥腥味。水草堆里，不知是蛤蟆还是青蛙，呱呱乱叫，一阵紧一阵，闹个不停，该去给五哥报个信儿的，可现在他周围有那么些人。也许晚一点，等《蜀山剑侠传》开讲完毕，人都散了的时候。我的手摸着附近的青草根，拔出来，抹一抹，放在嘴里胡嚼，眼睛却按着童军课上学来的办法，在满天又烦又乱的星星里先找大熊星座，再找小熊星座。要是等北斗移到那一点，我用眼睛比画着，五哥那里就该散场了。我该怎么跟他说呢？说了又能怎样呢？五哥又能怎样呢？到爸妈那儿去认了吗？认了又能怎样呢？妈妈不会放过芹姊的，我知道。要给她发现是我走漏的消息，怕不更要打死我。是芹姊自己该死，做那样的事，她自己找死，她自己就该死……

一道光柱从我脸上划过去。身子一弹，坐在河岸上了。上游河水里，二三十步远的地方，有条黑影。暗夜里，看着模模糊糊，似乎还慢慢往我这里移动。也许是看星斗看花了眼，一时竟调整不回来，直等那黑影凑近，才看清楚。那人右手打着根电棒，往水面上下左右摇摆探照，身上，左肩斜背一个大口鱼篓，右肩搭条宽皮带，系着个大背包，两条带子在胸口交叉成斜十字。背包里拉出来一条黑色电线似的，绕在他右手拎着的长竹竿上。竹竿尽头，缚着个浅碟子形铁丝捞鱼网。我立身起来的时候，倒把他吓了一跳。彼此也没招呼，我只是沿岸尾随他看他操作。

  这人的手法倒蛮干净利落。长竹竿往草丛里岸边各处掏弄摸索一阵，电棒随手往水面上一扫，鸭蛋形光圈里，浊黄的小水波上，就不时有鱼虾、泥鳅、黄鳝之类的尸体浮起来，随着水波翻滚。只见他右手前后抖动，连那些体形大的只不过暂时休克的鱼，有时候还在跳蹿挣扎中，也给他浅浅的铁网一提一送，全给兜在里面。电棒一收，他把竹竿抽回来，网里的鱼，他只拣两三寸以上的送进鱼篓，其他不论死活，都丢回水里去。这条河沟我们常来，因为河底有淤泥，水深过膝，平常只用个网儿什么的在岸边乱舀，一向只捉些大肚皮之类没出息的东西在瓶子里养养。没想到这条不起眼的臭水沟里，居然还藏龙卧虎。不过，给这家伙这么彻底的一扫荡，什么时候才得还原？这暑假剩下这些日子再也用不着到这儿来混了，什么也没有了。恐怕还不止这个暑假呢！这以后，恐怕永远都恢复不了以前的样子了。这么想着，一屁股又坐进河岸的草地里。电棒光圈后面跟着一条黑影，渐渐远了，不久便消失在河沟下游的转弯处。一抬头，北斗的方位早变了样子，已经移过先前眼睛比画过的位置了。

吃这人一搅和，心里反而豁亮。我怕什么呢？真是的。有爸爸在那儿盯着，妈妈火再大，心再狠，也不过让芹姊皮肉受点苦，出不了人命的。何况，看芹姊那股子倔强劲儿，说什么她也不会吞那药丸的。那我又何必自作聪明给五哥报什么信。弄不好，两家人闹起来，一对口，发现我在当中通风报信，不把我整死才有鬼。我何苦？让芹姊吃点皮肉苦算了，她自讨的，她活该，谁叫她干那种事！我要是妈妈，我也要抽她两火钳。然而，一闭眼，又是两只白天鹅，仰着脖子，旁若无人似的，向远方的雾里浮去。

脚底好像踩着两团棉絮，我翻过墙，落身在后院里。或许是火候不够，或许是饿得慌了，立定脚跟，眼前直冒金星。从中午到现在，十几个钟头了，除了那几条草根，什么都没落肚。屋里好像风波已经平息了，静得连自己喘息的声音都听得分明。

别的先不管，纱橱里摸出一盘炒饭，唰唰扫进肚里。芹姊的房门关得实实的，仔细听，倒不时有些窸窸窣窣的响声。大概在那儿舐她的伤口吧？管她的，自作孽，不可活！妈妈房里也没有灯光，偶尔有叽叽咕咕的声音，大概还在吵嘴呢！我舌头伸到嘴皮子上，上下四周绕一匝，收回来，牙齿里外一搅，算是漱了个口。踮起脚尖，侧身欺进自己的房间。这会子，除了蒙头大睡，什么也不想！

就在我快要迷糊入睡的时候，隔壁房里忽然爆出妈妈呕心沥血的惨号。"我不要活了哇！我不要活了哇！不要拖住我，让我去死……去死……"

妈妈好像完全失掉了平日的威风，喊哭闹叫，像个疯掉了的女人。我的睡意完全被赶跑了，坐在床上像个木头人。我应该觉得害怕才是的，妈妈这样的哭声，从来没有听过。但不知道为什么，却只觉得厌恨。这样要死要活地闹着，至少有五分钟，翻来覆去，也只是那几句话。我心里忽然好奇起来。为什么妈妈寻死寻活起来了呢？爸爸呢？这半天怎么没有他一点儿动静呢？这一晚上到底在搞什么鬼？我再也压不住我的好奇心了。翻身下床，在榻榻米上爬着。靠妈妈房间的墙壁角落，有一个两层的衣橱。上面一层，摆着两只樟木箱，我带来一张椅子，将樟木箱轻轻搬下来，幸好里面只有我的几件冬衣，不算重。移走了樟木箱，橱子上面一层就空出来了。脚立在箱子上。两手扒在橱子的隔层，提一口气，我用的是标准的引体向上动作，头一过手，死力一撑，整个人便上来了。身体蜷成一只懒猫样，借窗外的月光，我往隔壁张望。两个房间本来只隔着一寸来厚的纸推门，门上一溜，镶的是镂空的夹板，两只仙鹤在松叶祥云中间滑翔。

妈妈房里的景象一看清楚，我全身的血液都好像凝结了。原来靠墙放着的床坍在地上，两条腿断了，斜躺着，像个滑梯。毯子、枕头、大甲席，都不在床上了，扔在四处。妈妈的梳妆台也歪向一边，几个袖珍抽屉，像开了膛的鱼肚，露着五脏六腑。梳妆台上，本来有许多大大小小花花绿绿的瓶瓶罐罐，现在都不见了。满地上，除了砸碎的那些瓶瓶罐罐，还有五斗柜里的衣服，也成了过年菜市场摆着给人挑拣翻得不成个样子的旧衣地摊。那面比人还要高的穿衣镜，给砸得稀烂，只剩下个空镜框和地上的一些玻璃。妈妈整个人抽了骨头似的，躺在一屋子的垃圾里面。爸爸还是那身蓝条纹睡衣，上身已经撕开，露出半边肋骨，月光照明下，尤其显得没有一丝血色。他等于跪在妈妈身边，一手揉妈妈的太阳穴，一手紧紧拉住妈妈的手臂，然而妈妈并不像能够站起来跑了似的，倒像蒸得过熟的粽子，软软黏黏一团。

"雍云，雍云，你不能这么作践自己……看在孩子的分上……你听我说……听我解释……咳咳……"爸爸的肺气比平常更短促了，咳嗽时好像喉头里呛着口痰，怎么挣扎却吐不出来，"……你听我解释……你看你刚才那样子，多怕人，要真昏死过去，我怎么向老人家交代……"

难怪我进屋半天，没听见什么动静，屋子捣得稀烂，竟然一点都不知道。妈妈突然翻身坐起来，手里捏着晨褛的腰带，往自己的脖子上一套。

"我让你快活，你勒死我吧，让你跟这个忘恩负义的臭婊子做一堆，难怪死不肯让她吃药，原来舍不得你那块肉……"

"雍云……我答应你，相信我，一定要相信我，明天一早带她上医院去拿掉。吃这种药太危险了呀……闹出人命来如何得了……"

大概是爸妈的声音慢慢低弱下去，我怎么越来越听不清楚他们的对话呢？或者也不是，我的耳朵只是一直发懵，细细软软弹性极强的铁片，不知被什么东西猛力一敲，在我脑子里不停地颤动，发出连续不断的高频率的嗡嗡声……

我不知道还在那层衣橱蜷伏了多久，也不记得自己如何爬下来，爬下来以后又想了些什么，做了些什么。背着我收拾好的小包袱出门的时候，天好像还没有亮，天边倒只剩下几粒疏星，鬼火一样闪闪烁烁，像随时要给乍露的曙光吞没。

05

那只灰鹰老盯着我头顶，在半天里打旋。一会儿歪歪翅膀，像要斜身飞去，画不到小半个弧，又一侧身绕了回来。怎么也觉得自己就是它画着的一个又一个的圈圈的圆心。

出门后不见一个人影，空气像水淋过一样，有一层薄雾，把整条巷子染成淡青色。也许根本不是雾，只是破晓前的天色。不过，树叶都仿佛趁人不在，张大了气孔，湿答答要滴出水来，屋檐下，电线上，树丛里，鸟雀们吵成一团。两只白头翁，忽然从巷口我眼睛所见的那方空间展翅飞来，像两架小型的轰炸机，对着我俯冲过来。我一住脚，它们立刻拉高身躯，在我头顶上方箭一般掠过去，嘴里还一阵怪叫。我的视线跟着它们抬高，立刻又在半空中发现了那只盘旋的老鹰。

我一口气奔到巷口，拐一个弯，又一口气跑到骆驼家。骆驼家门口有一株高大的木麻黄，伞一样遮去了半个天空，然而，从稀疏的枝叶间往上瞧，那只苍鹰还半收着它的双爪，慢吞吞地画着圆圈。

跳过骆驼家的短墙，沿墙根悄悄挨近楼下那间房间。门从里面反扣着，费了半天劲也撬不开。我从花园里搬了块大石头垫脚，再把背上的包袱垫上，勉强够着门上的玻璃。水族箱的荧光灯居然开着，那缸水，晶莹透明，像一整块淡蓝色冰砖。然而，一切都看得清清楚楚，就是那一对金边鱼，却怎么也不见踪影。

或许是屋子里温度高，门上的玻璃里层，沾着水汽。我试着移动位置，眼睛透过另一条水珠流成的轨迹巡视。还是不见它们的踪影。

我把石头搬到房间另一面的窗口底下，看水族箱侧面。终于发现它们夹缠在靠底边的水草丛里。然而，半天半天，没有动过一下。再细细看，它们的身体早已变了颜色，不要说那一弯黄金色带，连鳞片都泛着青灰，全身的鳍翼，静静张开，像裹在一层胶水里，晒干后，剥制成僵硬的标本。

走出骆驼家的时候，天色已有些鱼肚白了。卖豆花的那个老头儿，正挑着担子，从巷口一路吆喝过来。抬头看，半空里直打圈圈的那只灰鹰，竟然还在那里盘旋……掏出弹弓，从裤袋里摸出一粒平常舍不得用的铁丸装上，啪一口唾沫吐在左手的掌心，往弹弓上下里面反复揉擦，直到唾沫沁进里面去，摸起来既不滑溜也不黏手。我脸朝上向右弯腰，右手大拇指贴食指，连皮实实捏着那粒铁丸，左眼闭上，右眼从弓架的等边三角形中间看过去，那只灰鹰毫不知觉，仍开足了发条似的滑翔着。我眼睛觑定它，把它紧紧嵌在弓架三角形和铁丸拉成的一条直线里，然后，仿照它的速度，跟着它兜圈子。一圈兜回来，算定它离开我的头顶最近的一点。我松开全力拉开的皮条，铁丸箭矢一般飞上天去，越飞越高，越高越小，不偏不倚，往它的肚腹钻去。我分明听见轻微的噗的一声。吃这一击，它也许突然受惊，张开的翅翼一收，倒栽葱往地上扑来。紧急中，我又连续发出三粒弹丸，也许太过紧张，也许它移动太快，都没有命中。它也仿佛恢复了平衡，翅翼平伸，又浮在半空，稳住了身体。但是，仿佛这一点骚动完全把它激怒了，我看见它的巨爪铁钩一般伸在腹部下方，尖锐的喙角直指地面，两只即使在半空中仍然看来发出寒光的眼睛，随着它头颅的左右摆动，向下四处搜索着……

　　也许第一弹劲道不够，到了强弩之末才击中它，除了让它突然受惊，除了激怒它，一点都没伤害到它。我不敢再往下想。好像是直觉的反应，我拾起包袱，拔脚狂奔。

偶尔回头，总看见它不远不近，在半空里来去浮沉。

阿才家巷口有一片空地，上面弃置着好几节盖防空洞没有用上的水泥筒。我蹲在里面，一面喘息，一面静等它离去。

我的身体顺着圆筒的形状蜷曲成一圈，屈起的两只脚并拢，两手抱着膝头。天色已经破晓，空气里如今的确迷迷蒙蒙洒着一层轻雾。我侧头从圆筒的开口处望出去，觉得自己好像蜷卧在一架望远镜里面。这时候，那个念头才第一次来到我脑子里——这个家不能待了。我该到哪里去？我想到火车，想到远方的大城市，想到……我最后想到五哥故事里面描写的高山野林，白云深处的猴子和洞穴……

一辆三轮车咕噜咕噜慢慢拖过我右前方的圆形开口。座位前面搁脚处，横摆着一只破旧的皮箱。座垫上，并排倚着一对情侣。他们的脸那么白，紧紧贴在一起，远看像晴空飘着的云絮，那么洁净那么柔嫩。车轮滚过泥坑，一颠簸，两张脸稍稍分开，让我看清楚了他们的轮廓。乳白色的雾里，芹姊的手和五哥的手，紧紧绞在一起……

我走出水泥筒时，天色已经大亮。半空里盘旋的苍鹰早不知去了哪里。我想起妈妈所受的罪，她今早大概连半生的粥都喝不到了。也许我就回去，代芹姊生她的第一炉煤球。就这样，竟不觉有点高兴起来。右手食指一曲，伸进嘴里，上下牙齿轻轻咬住，毫没费劲，巷子里响起一声结实漂亮的呼哨，像大大小小一堆钢珠，在蓝玻璃一样的空气里，流星闪电般撒出去。

一九八〇年，纽约

月夜

今夜的月亮看来有些浮肿,显出一种变圆的努力。我们推着单车走进校园,拣一块植着椰子树的草坪坐下。把车子倒在路边。我深深地吸了一口气,把四肢平铺起来。我的朋友是善解人意的。

"这两天你似乎得到了什么,或者是想得到什么?"他开始试探我。我把背靠在粗糙的树皮上,双手交叉,双脚交叠。

"你猜得离题不远。"我抬头望了望浮肿的月亮,黄蒙蒙的光洒满了校园,椰叶无风而轻轻地颤动,似乎承受不起月光的重量。

于是我的朋友说了一则他在窗口目送着他的她归去的故事,很遥远的。

"你有没有兴趣陪我去看看她住的地方,就在附近。"

"既然你心情那么好……"他说。

我们跨上单车自边门走出校园,踏上一条夹在田野与房屋之间的碎石子路。我感觉心里轻微的颠簸,不知是由于车轮碾在滑溜的细石子上还是别的。而我的耳膜也轻微地震荡着,那是由于水田中蛙的鼓噪,以及遍地织起的虫鸣。而远处,朦胧的山影下,有迷蒙的灯光,半隐在薄雾中,高高低低,密密疏疏,像有韵律似的排列着塑成固定的秩序,却给我的眼睛以柔和的感觉。灯光也可以谱成音乐的,我想。

其实我的朋友心情也不坏,他哼着最心爱的旋律,一手搭在我的肩上,他想把 Kreutzer Sonata 凭记忆哼出来,继续不下去的时候拍拍我的肩膀说:

"下一句是怎么的?下一句是怎么的?"我也不一定能记得很清楚,有时我便自己编着替他续下去。今晚我是可以编曲子的。

因此不久我们便到了那座门前,那座跟两边伸展开的墙拉成一线的门前,而与面前的一条小溪平行,并且架了一座与它垂直的,略呈拱形的水泥桥。

于是我们重又倚着桥栏半坐着,燃上一支烟,并在溪中发现了浮肿的月亮的扭曲的脸。

"照一般惯例,你是该有所行动的。"我的朋友说。

"怎么行动呢？学罗密欧吗？"我甚至快乐得能开玩笑。

"也可以呀！至少你要证明你不是空来一趟呀，而且，难道你不想知道这堵墙圈着些什么吗？你不想知道她现在正在做什么？"

我想，我现在做什么都是可以的。于是我便轻身一纵用手攀住墙头，墙上原插满碎玻璃的。如今全已扫光，但粗糙的凹凸仍然压着我的手指，我微微使力，运用引体向上的姿势把头伸到墙上。我奇迹般地发现一扇亮着的窗。"这么夜了，还没睡。"这念头突然以清醒的力量咬住我，我听见自己在问："你打算怎样？"但是我依然固执地攀悬在那里，像攀住一个刺戳我的问题。那扇窗子共有三格，下面两格是磨砂玻璃，只透着乳白色的光，从上面一块透明的玻璃里，我看见房中粉墙上一方镜框，镶着一张国画，一个古典美人的没有表情的脸。我忽然发现唯一幸福的可能是彻底的遗忘，当你一旦开始问自己打算做什么的时候，你便无法维持自己的紧张了，于是我悄然松了手，仍踱回桥边。

我的朋友正在夜露沾湿的桥栏上，用他的单车的钥匙写字。他写着"Apr.12，1960，夜一时"。我也掏出钥匙在后面用力刻了"墙外人"三个字，我觉得我所用的力量足以把洒在水泥地上的月光镌进去。

"怎么,不做罗密欧了?"

他将钥匙放回车锁中,轻轻一掀,把咔嚓的响声塞进了寂静的空气里。

我没有回答,只觉得清醒得难以忍受,因此对他的问话略感不快。但我是不愿意让他察觉的,于是悄悄点燃了另一支烟望着溪水出神。波光里面似乎有什么东西不太真实,我不知道是否由于月光闪闪烁烁的印象所造成,也许是,也许不是,但是为什么我的快乐竟这样容易消失呢?我竟然开始审查我的心情,仿佛被什么东西偷袭了一样。

我的朋友也因着什么而保持沉默。但是终于还是他先开了口:

"为什么你不学学罗密欧呢?你晓得刚才的气氛完全是你破坏的,假使你翻上墙头,一直做去,那么今天晚上就可以成为很完整的了,为什么你不考虑这一点,为什么这样稀稀松松地了结它,这样一来,完全给你糟蹋了。"

"甚至连补缀起来也不能。"我竟加上一句。

现在,什么也不能做了,再留下去恐怕要变成丑恶呢。我又抬头望着浮肿的月亮,流云驰过去使它显得动得很快。再留下去恐怕要变成笑话呢。我于是将烟蒂掷入水中,一星火光在水面熄灭,轻微的嘶声如叹息般,似乎一直被拉沉到水底。

于是我们沉默地推车离开这桥栏流水、虚悬着的月亮以及封闭着的窗子、封闭的墙构成的图画。有时候图画是会自己生长，自己改变的。甚至你不知道它们会变好或变坏。

于是我们重又滚动着车轮，却不感觉颠簸，虽然仍是一条碎石子路；而蛙噪依旧，虫鸣依旧，山影下长列的灯光塑成的固定秩序依旧。一切似乎是依旧，除了方向相反。除了自远处的暗中，有细小的、潮湿的颗粒朝向我的两颊，不断地扑来……

溶

　　似乎，我试图挽回一点什么，但是，又徒然让自己觉得笨拙。于是她从我手中抽出她的手，白藤条编的提袋在她的腰部左近晃荡着，施施然，她的有如不屑于被握取的姿态加深我轻燃起来的愤怒。沉默极可怕地覆压着。夜静寂，白色的堤平展着蜿蜒的身躯。我不晓得要做什么，只感觉暗淡的灯下闪着光的她的发丝，刺痛尾随着的我的眼睛，除了一把割下她的发的欲望，不时骚扰，我觉得依然可以行走得像没有风的湖。而我知道类似这样的欲望会渐渐枯萎渐渐消失，甚至只需要发生一丁点儿小变化，无论是出自何处的变化，如以往一样——也许只要隔湖传来的两声带水味的狗吠；也许她忽然停住，微微回首……但是依旧什么也没有，愤怒在期待中凝结了，而四肢的动作也随之僵硬起来。夜不该这么沉寂，她的高跟鞋底在石面上敲出叮叮的回音……

顿然间，总是当愤怒开始凝结起来的时候，数不尽的、无聊的、驱之不散的琐事便蜂拥而至。没有比坚硬而带黏性的东西更坏的了。我浑身难耐地，几乎想歪扭一下，我将双手互绞着绕到后脑壳那儿，我的突起的后脑也是坚硬的，于是我，完全是无意识地，挤压着它。顺着这个姿势，我的身体便自然向后仰，在维持平衡的限度内依托在双手合成的圈套里。月亮怪可怕地穿过疾驰的云，灼刺我的眼睛。无数的琐事在胸中制造闷气，而身体已然倾斜到令腹部感受痛苦的程度，两条腿无可奈何地支撑着，且依然向前……她是完全无顾于我的，像以往一样，她最擅长的莫过于保持自己的自由；她会将问题轻轻地、旁若无人地往我身上一放便走开了去，她会欣赏自己的高跟鞋底所制造的节奏，每一拍都浑圆、结实而有劲，而她的手也配合着款摆，手提袋的弧画得那么优美。当她确定问题是由我承担的时候，她会毫不留情地制造这一切，甚至不看一眼便知道我在扭曲自己的身体，而两腿依然向前，且目光尾随着她……她的懒散的步子便足够说明。她是有把握的，无所谓的；有风来时，她的发便扬起，风过后她的裙裾仍会维持某种张度，不妨碍她的手提袋完美地画弧。我不必走到前面便能看见她漠然的脸色；鼻子挺着，像一只角，眼睛凝集于远处茫然的一点，嘴唇封闭着，像等待你去撬开。我不必看便知道，我愤怒的潮瞬间满涨起来；坚硬的、膨胀的、有黏性的潮。我不知道要做什么。

我模糊的理智还在可怜地努力着。白色的堤镶在靛青的湖边，广漠的湖漫过长坝，幽微的水声逐渐传来，像经过了很久的努力方始到达。我隐隐约约在我敌对的态度中思忖着。首先，我想——我把扭曲的身体校正好，愤怒是无济于事的。我突然蹲下，我觉得讨厌，一切都讨厌，而自己是最讨厌的，自己的故作冷静尤其讨厌。为什么我不转身跑掉，勇敢地跑掉，像方才那些无聊的、驱之不散的琐事蜂拥而来的时候，任何人都会不顾一切地开始跑，无论跑向何处，都该甩开一切，甚至把自己也甩掉，甩在这条卵石铺砌的有堤镶边的美丽的路上。并不是我缺乏力量，我扭曲我自己到那种程度而我的腿依然能支持，我的力量是绰绰有余的，而且，我并不是没有想到，我也看中了远处没有灯光的一大片黑影，我凝视着那里，于是我对自己说：

"哪！就跑到那块黑暗中去，跑得像飞一样，让全身浸没在汗液里，浸在气喘里。你的手要划动得看不见，像飞一样，把全部力气使出来，孤注一掷，这就叫孤注一掷，从这次以后，你会不会快乐，就会确定，只需要跑得像飞,跃过一切,直奔而前,出汗、喘气、眼睛睁得大大的,瞪着那块黑暗,甚至像一条抢骨头的狗也可以,跑过去、去哭、去死都可以,只要开始跑,便什么问题都没有了。以后要快乐就不会不快乐,要不快乐就不会快乐,全看这一次。跑吧!你这条狗,你这涨满愤怒的、故作冷静的、坚硬而带黏性的狗,你蹲到地下去吧!去挖泥巴掘石头磨你的没有爪子的手指吧,蹲下去挖一个坑把自己埋掉吧,你是从来不会快乐的,你生来就该埋掉的。挖吧!没有爪子的手,挖吧!没有爪子的愤怒,挖吧!早就该一切都埋掉的,你只会想象着拥抱在一起然后告诉自己说:'幸福啊!这就是你所追索的幸福啊!'然后你就会突然张开眼睛,瞳孔里空空洞洞的:'就是这样了吗?'然后你又张开手到处摸索,张开手又绞拢它们,然后说:'你到底是什么呢?'然后,然后,永远是然后……"

于是,我的手在地上摸索着彼此,当它们互相紧握的时候,我发觉它们握着的不仅是彼此,一块坚硬光滑的卵石不知何时起已藏在那儿了。再没有办法忍耐了,甚至讨厌都是乏味的,跑掉与跑不掉都是乏味的;再没有什么东西是不乏味的了。我霍地站起,无意识的。我的右手以全部的力量挥舞着、挥舞着,终于那块光滑坚硬的卵石被我掷向了远远的湖心,石子穿入黑暗,暗淡的光照不见它,小朵白色的水花在靛青的如镜的湖面激起，瞬即消灭。只不过是一朵小小的白色的水花而已，没有什么在改变，连扩散的涟漪都看不真切……但是，她回头了，凝视着湖心。我突然从晕眩中震醒了似的望着她，她离我有二三十步远，昏黄的灯光给她的身体镶了一道边，黄黄的边，裹着她，身体仍朝前，而头扭着，望着湖心。我望着她，好像有些具体的东西在徐徐地枯萎，记忆还是什么的。她的白藤条手提袋在腰部左近，静悬着。我只是疲倦无力，瘫痪了似的倚在微潮的堤上。

我在我的疲倦里望着她，她的脸是模糊的，灯光在她脸的后上方。没有什么特别的动作，她只是转身走了过来，懒散的步子依旧，高跟鞋底敲在冷冷的石板上，有冷冷的回音敲在我疲倦如死的神经上。

"我要划船。"她的眼睛依旧望着湖中，似乎午夜的湖水的确清凉可爱，因此她要划船，她想把手插入软软的水中……我希望我能够有一点力量抗拒这句简短的话，但是我没有。她将手提袋交给我，自然得像什么都未曾发生过；我接过来，像什么问题都没有。我想："只不过是一只手提袋的重量罢了，只不过盛着些口红、手绢、零钱之类的。"而她已翻过堤面沿着斜坡往下去了，她的身子佝偻着，摸索着可以攀附着力的凹凸，有些杂草，岩块帮助她维持平衡。我知道这对她来说是很吃力的，而我可以帮助她，对于她方才的漠然，我早已忘却，我似乎经历了许多事情，此刻便什么都记不得，除了疲倦，如死的疲倦。当我决心要帮助她的时候，她已到达湖边，面对湖心，等待着。我提起我的腿，一切又像重新开始，而我相信我的疲倦会恢复得够快，因为我是一向都很容易恢复的。一切又像以前一样。

我绕到堤防缺口处，循着石阶下去。湖在我的脚下升上来，我每降落一级，湖便升上来一级。我不知道是湖在接近我，还是我在接近湖；甚至我不知我在接近自己还是在离开自己。疲倦温暖地、完密地包裹着，湖的清凉渐渐浸到我的脚前。她已自行解开了缆索，斜坐在船尾拢她的发。我晓得没有什么决心好下，下决心是件很无聊的事，只当你觉得全然无事可做的时候，便会思忖着，然后下个决心，安排一点什么，我只是疲倦而已，唯一需要的只是把面前摆着的事，专心地做一做。于是我便开始划船，尽量采取舒服的姿势，双桨以优美的弧插入水中，以优美的弧拔出水面，一朵朵小小的漩涡浮上水面，逐渐变浅、变小，像开着两排喇叭花。午夜的湖好似铺了一层没有重量的黑影地毯，边缘有朦胧的峭壁，如悄然下垂的深色窗帘，黑暗覆盖着。我感觉自己身处一间幽闭的暗室里，月亮自天窗里漏下一线清辉。我注视着这些,我全身的动作遂越来越像是在配合着某种韵律,似乎这种韵律竟能携来一点什么。而无形中,许多东西便在船的平稳滑行中向后流去。我不知道我要划向何处,而前面确有什么在期待着似的。我的双臂画着弧,接近椭圆的弧,一道又一道,它们好似彼此割离而确实相连,那里面隐藏着我的力量,我清晰地感觉出新的秩序悠然展开,而力量便油然涌出。必然会有新的局面,必然地,我将被影响,被吸取,被毁灭。我已确知它的存在,因为我已投入这种新节奏中,我紧握着这种力,我不得不这样,因为这是唯一放在我手中的事物,没有什么可资选择。水是这样流,月亮是这样走;生长、毁灭、生长;没有什么可选择的。而你唯一较为幸运的,就是你还能稍稍注意及此,而这也就是你的不幸。

在这一大段时间里,我始终未曾觉察到她在做什么。当我像忆起什么事情似的抬起头时,突然接触到她凝视的眼神;如望着一只陌生的、奇异的动物,她就以那种眼光盯着我。船已接近上游,湖面顿窄,水流渐速。我隐约听见身后船头方向的不远处有湍急的水流奔腾的哗响。我听着,望着她冰冷的目光,我的双手毫无理由地握紧了,加快了;毫无理由地,我重又紧张起来。水流似乎越来越急，她的眼睛在一米的距离外穿透我，将我沉淀的愤怒重新激起。似乎，不仅是船的平稳以及广漠的湖面已悄然隐失在远处，而某种刺戳人的回忆再度出现；难道在这短短的一晚中，我要经历如许的磨难。上游的水哗然奔来，船摆荡着，在我逐渐加速的愤怒与动作中缓慢地挪进，船头时而向左，时而向右……

倘若我能稍稍注意水流的状况，我便绝不会选择靠岩岸的这一带湍流的。靠近浅滩的那面水波虽高，水势却缓，无须白费如许挣扎便可驰入上游。但是纷乱中，我只是盲目地挥桨，根本忽略了航路，只直接感受船头巨大的压力。我害怕后退，我不知为什么，后退将带来什么我也不知道，只是她在那逼视的冰冷中，后退是会令我战栗的。涛声如吼，我的双臂渐感酸麻，自知不久定将放弃一切的努力了。

突然，不顾船身激烈的摆荡，她跳了过来，抢去了我一只桨，挤缩在我身旁。涛声掩盖一切。我们双手各自配合着划动，船似乎倒退了一点，重又向前，浪花溅起在灰暗的岩壁上，冷冷的水珠溅落在我们亢奋的姿态上，她右臂短袖上的装饰纽扣在我的左臂上隔着湿透的衬衫袖子一次又一次地刻画着印象。终于我们的努力到达了极致，一切都未曾改观，一切都无法挽救。船静止在湍流里，无时不显示着稍一松懈即将随水漂去的迹象。

"算了，算了，白费个什么劲。"她突然高叫着，而正当我犹自打算把这种僵局维持得长久些的时候，她扔下了桨，她的气喘在涛声中依稀可闻，她的脸因费尽力气而发红而闪光，她的发零乱飞扬，她扔下桨，伏在我的腿上抽泣起来，双肩颤动着。我的腿也因过度紧张以及负载她的重量而微微地颤抖。我嘶喊着，不知要毁灭什么，虽然自知有毁灭一切的力量，一切是如此可恶、卑鄙，我嘶喊着，全身颤抖，再也无力握住什么了。船横摆在湍流里，急泻而下。涛声遮盖一切，我扔下了桨，扔下了一切，终于我清清楚楚地了解了放弃一切是多么痛苦也多么轻松，第一次，这么久来的第一次，我感觉心中无数冰冷坚硬的东西在无声地溶去。

滔滔的水把我们漂向平静广漠的湖，当远处的灯火显现时，我的僵硬的手指已完全没入她柔软如水浓黑如夜的发丝中去了……

一九五九年，台北

面北的窗

面北的窗

显然,你不曾期望,去暗夜中摸索窗的形象;显然,窗自有它的形象,纵然在暗夜中。尤其是面北的窗。显然,你明知风不曾撼动它,光未曾锌镀它,在暗夜中,在没有风也没有光的暗夜中;在你不曾思索也不曾摸索的暗夜中,窗的形象自会显现,尤其是面北的窗。

有溪声来自窗底,虽然你未曾着意去聆听;有山峦在远方,虽然你未曾着意去凝视。它们自会去协调工作,在你不曾思索不曾摸索的暗夜里,在如此不可触及的暗夜里,它们开始绘出窗的形象,用声响绘出窗的形象。当你的眼睑仍然掩闭,而你的手尚未张开之前。

晨星

风常在我的窗外呼哨,风常在我的窗内呼哨。每当我步入坐落在七楼的我的斗室,风的呼哨常迎我以亲切的拥抱。随后,在十分钟内,将我完全毁灭。

然而,有一夜,久久地,风停留在我的屋顶盘旋,久久地,不伸下他发胀的脚趾。受惯了肆虐的我的斗室开始不耐了,我的弹性颇佳的神经也开始不耐了。在这争持不下的顷刻,就在我霍地跳起的顷刻,我一转身忽地瞧见,主!我并未曾看见你,我只看见一颗米粒大的晨星,放着萤火虫样的光,摇摇欲坠地挂在我窗玻璃的右角上。

晚祷

主,我仍活着,在你一手布置的世界里。主,我仍活着,我仍悬挂在你多风的廊上。月亮,有时浮肿,有时饥饿的月亮仍然按时爬过我屋后的山头,仍然把它营养不良的光照在我以尘垢为蚀的窗玻璃上。主,我厌恶你这恶作剧。久久以来,我作呕,我要将我恶心的一切唾向你没有表情的脸上。你,永不眨动的眼睛与永不张开的嘴。

主,我当教会你如何去粉饰。不是用诅咒,而是你惯听的赞美。主,我当教会你如何用诅咒去赞美。主,你当脱去你的鞋袜赤足走来。主,你当穿过我多丘陵的头颅,走向我;踏过我苍白的平原,走向我。

无门关外

之一

久久以来，我活在水的世界里。细腻的水将她的唇夜以继日地刻在我的窗玻璃上。我面北的窗玻璃变模糊了，甚至我眉毛下的窗玻璃也模糊了，以至于我临窗小立时，再看不见烂漫的灯火，即使在夜里，在自己不再浮升也不再沉降的时刻。透过这两层面北的窗玻璃，我也只能凭着幸存的嗅觉去摸索那些仍然浸润在酒精里的灵活小生命了。这水竟是这样地围绕了我。她那镶嵌的功夫是既精致又泼辣，她缓缓走来，按着预定而永恒不变的节拍，像蛇一般，像没有牙齿的蛇，滑腻而熨帖，自你无从设防的脚踝处绕了上来。她的唇是不生棘刺的，也不是涂唇膏的那一类，只稍稍带点腐蚀性；借此，她在所附延过的地方，留下她的形象。啊！啊！她甚至不专心于腐蚀，她也许留下一层薄薄的膜，虽然，竟是完密地将你包裹了起来。

于是，你说：且等明天，明天我将步下这七层梯。明天，我将离开这灯火迷离的城。明天，我将攀上那南山，那纵然在暗夜里兀自发出声响的南山，明天，我将去那没有水草的地带，置我的头颅于暴烈的太阳光下。明天，我将逃亡，啊！啊！这将不是逃亡。因为，你说，你看见，神祇的窗下，水的歌唱业已隐藏。

之二

门恒开着：无论是凌晨抑或向晚。无论在微醺的花香里抑或星子们漠漠的烛照中；门恒开……即此，已足令人厌烦，何况，再偶尔加上些光的戏谑，不堪入目的美丽的小动作；诸如与飞鸟形成的角度以及雾霭所制造的深浅等等。然而，正如一切无法抗拒的事物，门铸造它的形，亦是带着那种难以避免的挑拨性的；虽然，门之恒开，并不意味着什么。

之三

薄暮的余光自屋瓦缝隙间漏下来，破败的庙宇门掩着。纵横交错的光线斜射在我佛莲花座上，在祂的身后造成无数零乱的阴影。

A

幕开。曙光淡淡照在一片草原上，天微作紫色。一队少年踏着整齐的步伐自远而近，他们的嘴全张着，却没有声音。

B

一个全身赤裸的男子奔跑而来，胸挺得像鸽子一般，且不知为何，仿佛有某种气体不断地灌入他的身体中，他的胸脯便气球一般鼓胀起来。终于，他自身后摸出一把闪亮的号角，正当那金属的声音划破一片沉寂，这男子便鹰一般地刺向空中，而左手仍叉在腰部，右手屈曲紧握铜号。清越嘹亮的号音把整个背景都染成了金黄。于是便纷纷地落下雨来，晶莹透明的雨。琉璃珠子一般地洒下来，洒在空无一物的舞台上。

C

　　这时节,便有些模糊的物体隐隐出现,且不知不觉间便已全然张开如一把美丽的降落伞,悠悠徐徐,飘浮至舞台的中央。伞的四沿,凭空攀附着一群乳白色的细小人体,四肢隐约可辨,且不断地在痉挛中抽动着。幕落。

附录

二流小说家的自白

刘大任

现在，我们的小说，是极其自由的，其解放程度，可能远超前人想象。鲁迅和沈从文一辈先行者，如果活在今天，亲眼看见他们的后代，在文字、意象、技巧、形式以至于基本假设等各方面高度"放纵"的创新，想象无穷的变化，恐怕免不了瞠目结舌，无言以对。我相信，这个判断，不算大胆。因为，我自己，虽然也在小说创作这条路上，蹒跚学步多年，读到同代尤其是晚一辈的作品，往往也会感觉，我坚持的这种写法，是不是过于墨守成规，甚至落伍了？

平心而论，我的挫折感，并不太严重。难道，之所以能够不为所动，若非懒惰迟钝，便是顽固骄傲？似乎也不太像。再深挖，发现自己原来早就有一套防震装置。

我始终相信，我这一辈子，最多只能做一个二流小说家。"二流"？乍听有点泄气，然而，"不求闻达于乱世"，自然淘汰了与人竞争之类的闲杂意气，心安理得便也不太困难。

不妨分成三点，谈谈我这个二流小说家的信念。

第一，我一向以为，第一流的小说家，在以中国文字作为传播媒介的历史文化范畴内，必须写出"大小说"。那么，什么叫作"大小说"？

英文世界，尤其是美国的文学界，有所谓"美国大小说"（The Great American Novel）的传统，孕育了一代又一代的作家。可见，这个"大小说"的主张，不是我异想天开杜撰出来的。什么样的作品，才符合"大小说"的条件呢？各派评论家自有标准，我只提出最能立竿见影也最简单的。"大小说"流传久远，必须化为基本生活信念，融入一个民族或文明系统的血肉灵魂。也就是说，它必须达到接近永恒的"国族寓言或神话"的高度。

　　白话文运动以来，直到今天，海内海外，我们的"大小说"出现了吗？很抱歉，我只能看见一些"元素"，看不到"整体"。作品生命维持几个月的、两三年的，甚至十年以上的，不能说完全没有。然而，活进我们内面的，只是一些意念和图像，真正系统性的制订价值、校对行为的思想蓝图，尚未出现。

　　视野上推千年，中国人引以为自豪的"大小说"，还是那几部，其中三部是集体创作，一部则残缺不全。

　　第二，"大小说"在一个独特文明系统的历史长河中，必须具有继承融会和发明开拓的断代意义。就这一点而言，我深信，它的最终出现，不能不等待它所属的文明系统，耐心走完由发生到成熟的曲折痛苦历程。

　　现代中文小说，虽然距离诞生期的五四运动已接近百年，本质上，仍在幼年阶段，原因很单纯，我们的文明系统,还没有走出调整重生的阴影。这个论断,不免有些争议。一种观点认为:中文小说世界,光是"文学大系"一类的产品,就不知多少套了,作家和作品,更是成千上万,无法计数。量之外,还有质,不是连国际公认的诺贝尔奖都得了吗!另一种观点,刚好相反,基本逻辑是:电影削弱小说,电视削弱电影,网络削弱电视。结论很简单,小说过时了,灭亡之期,指日可待!

上述两种观点,似是而非。

量大质精的说法,相当脆弱。小说又不是人海战术,诺贝尔奖更不能代表什么,你只需问,得奖作品有几个人读?又对我们的文化价值和生活智慧,产生过什么影响?

循环削弱观念,也是以现象代替本质的论点。现代传播媒介的推陈出新,不能取代人类精神生活的根本需求。纵然有一天,作为沟通媒介的文字完全淘汰,"大小说"还是不能没有,因为,所谓"大小说",其实是精神生活的总体表现,没有精神生活,人类不成人类。淘汰了文字的"大小说",不过是通过另外的媒介传递罢了。

第三,我们所属的文明系统,通过对集体记忆的诠释和现代考古学的发掘推证,可以追溯到五千至五千五百年前。考古学现在的论据,大概以龙山文化后期作为中国文明的发轫,相当于古代经典记载的炎黄争霸前后。这个独特的文明系统,从它的原始国家形成,直到今天,百分之八十的时间,都处于人类文明的领先地位(汉武帝时代,中国的人口和财富,都占世界三分之一)。两河流域和埃及,起源更早,成就相当灿烂,但后继无力。印度文明也有它的独特性,但在影响扩散的程度上,无法与希腊、罗马、西欧这个辗转承续的文明系统分庭抗礼。中国在明代中叶以后,闭门锁国,故步自封,失去了生命力,前后将近六百年。

从清末康梁变法,到现在,一百多年了。这一百多年,一代又一代的民族精英,所作所为,不过是为这个面临衰亡的文明系统,在世界上重新寻找它应有的位置。

我相信,这个探索翻身的过程,虽然牺牲重大,艰难漫长,距离终点也还早,成果却逐渐显露出来了。

我认为,我们这个文明系统的重生,已经快要摸到"文艺复兴"的门槛。

"大小说"与"文艺复兴"是相辅相成、互为表里的。两者同时出现,符合逻辑,却有一个不能或缺的前提条件,必须有文化创新的长期经验积淀。

二流小说家的终生任务,就在于提供积淀素材。

我们先天所属的文明系统既然还在阵痛难产的阶段,"大小说家"就不可能顺利出生。二三十年代到现在,包括海峡两岸,表面人才济济,仔细看,每一个都有点营养偏枯,多少暴露了学养单薄、感性理性失调和毅力魄力不足的弱点。伟大而独特的文明系统,必然要求掌握核心精神命脉的全面体现,具有这种条件的人才，我感觉，恐怕至少还要等待一两代。

大前提说清楚了，接下来，可以谈一谈自己。

前面已经声明，我给自己的定位是"二流小说家"，其实，我连"小说家"这个称号都觉得十分汗颜，一向只自命为"知识分子"。然而，由于刚懂事那一阵子，恰好是个不怎么开放的社会，"知识分子"的一些感情、理想和作为，便只能曲曲折折通过文学形式传达，就这么写起小说来了。日子一久，慢慢形成一种思想和表达的习惯，居然累积了若干篇幅。事实上，这些年来，用力多在散文、随笔和评论(不妨总称之为"文章")，总量约三倍于小说，应该算是安身立命的本业。何况，我们的传统早就认定，"文章"乃"经国之大业""不朽之盛事"，小说不过"旁门左道"，得等梁任公先生大声疾呼，鲁迅身体力行，才争得一席之地。无论如何，当今世界，"大业盛事"和"旁门左道"都成了商场上的滞销品。归根结底，既然对"大小说"仍有待焉，二流小说家又有贡献文化积淀的义务，就必须将所有产品整理出来,接受公众检验。

快要到鞠躬下台的时刻了。我遂将历年所写全部小说作品收齐,按性质重编,辑成五部(注),分别题名为:《晚风细雨》《羊齿》《残照》《浮沉》和《浮游群落》,交由联合文学出版社陆续出版。

张宝琴女士,在市场萎缩、文学暗淡的环境下决定出这套书,表现了出版家的魄力。雷骧兄特允配制插画,杜晴惠、蔡佩锦费心编辑作业,在此表示感谢。

还有话要说,二〇〇八年是我停写小说多年后重新执笔的一年,写了一个中篇《细雨霏霏》,两个短篇《莲雾妹妹》和《火热身子滚烫的脸》,忍不住希望,这是新的开始。

二〇〇八年十二月十二日

——原载《羊齿》,台湾联合文学出版社二〇〇九年九月版。原为该社"刘大任小说作品"总序注释：

后来共出版六部，加上了《远方有风雷》。现在则增加到八部，新作包括：短篇小说集《枯山水》和长篇小说《当下四重奏》。

策划出品：胡洪侠　责任编辑：汪小玲　蒋祚　装帧设计：杨军　林国壮　绘图：雷骧

策划出品：胡洪侠 责任编辑：汪小玲 蒋祚 装帧设计：杨军 林国壮 绘图：雷骧